André Gide

L'Immoraliste

1902

JDH Éditions
Les Atemporels

Les Atemporels

Qu'il s'agisse d'œuvres du vingtième siècle, du dix-neuvième, du dix-huitième ou encore plus tôt…

Qu'il s'agisse d'essais, de récits, de romans, de pamphlets…

Ces œuvres ont marqué leur époque, leur contexte social, et elles sont encore structurantes dans la pensée et la société d'aujourd'hui.

La collection « Les Atemporels » de JDH Éditions, réunit un choix de ces œuvres qui ne vieillissent pas, qui ont une date de publication (indiquée sur la couverture) mais pas de date de péremption. Car elles seront encore lues et relues dans un siècle.

La plupart de ces atemporels sont préfacés par un auteur ou un penseur contemporain.

© 2022. Edico
Éditions : JDH Éditions pour Edico
77600 Bussy-Saint-Georges

Imprimé par BoD – Books on Demand, Norderstedt, Allemagne

Préface et biographie de Yoann Laurent-Rouault

Illustration couverture : Yoann Laurent-Rouault (*Cat's Society*)
Conception couverture : Cynthia Skorupa

ISBN : 978-2-38127-226-9
ISSN : 2681-7616
Dépôt légal : janvier 2022

PRÉFACE

Gide ou le faux-monnayeur du conventionnel

Avant « d'attaquer » *L'Immoraliste*, penchons-nous d'abord sur la vie et l'œuvre d'André Gide. Et sa biographie, comme sa bibliographie (voir *Les nourritures terrestres* dans la même collection) sont pour le moins nourries. J'apprends par exemple, qu'en 1952, le Vatican, souvent bien inspiré, mais gêné par le bruit des cloches dans sa réflexion, n'avait rien trouvé de mieux que de mettre à l'index la totalité de son œuvre. Lecture peu recommandable selon eux, pour les ouailles de Pie XII. Et pour celles des papes suivants. Gide est mort en 1951, quelques mois avant la sentence de Rome. Nous privant, je le suppose, d'une réponse aussi drôle qu'intelligente.

Je commence cette biographie par la mort du poète, pour me débarrasser de l'idée, puisque dit-on, un poète est éternel. La carrière de Gide est longue, puisque son dernier écrit sera rédigé à ses 81 ans, son dernier cahier, titré *Ainsi soit-il, les jeux sont faits*. C'est une congestion pulmonaire qui l'emportera, la Seine se fera maritime et elle accueillera ses obsèques. Gide, de son vivant, aura fait couler beaucoup d'encre. Et bien souvent, défrayé les chroniques mondaines. À la lecture d'un autre article, je note que Gide fut à maintes reprises « dénoncé » pour pédérastie. Les termes employés par les rédacteurs de ces articles sont durs et les situations décrites, assez scabreuses. Un historien qui aurait marché dans ses pas en Afrique du Nord parle, lui, du « tourisme sexuel » que pratiquait l'écrivain avec des « garçonnets ». Montherlant, avec qui il était ami, est cité comme référence au sujet. Je passe et je continue. Bien qu'évidemment heurté. Que penser ?

Comme Gide aimait à le faire, je syncope mon texte, je découpe des fragments de vie pour mieux les assembler, je joue à me composer, en cubiste amateur, ma nature morte à la chaise cannée. J'attrape au vol, coincée entre deux feuilles de châtaignier, pour compléter mon collage, une invitation pour un vin d'honneur à la mairie d'Étretat. Nous sommes en octobre 1895. André épouse enfin Madeleine, qu'il a attendue longtemps, comme Brel en attendait aussi une autre, plus tard et en chanson, à un arrêt du tram 33, pour aller manger des frites chez Eugène.

Ce mariage m'intrigue. Surtout que je lis que Madeleine est sa cousine...

Je creuse davantage dans sa biographie. J'apprends que durant l'automne 1882, lors d'une visite familiale, Gide tombe amoureux de sa cousine qui « *se noie dans le chagrin* » par la faute de sa mère et de ses mœurs dissolues. Il se dira « *troublé et émerveillé* » par la sincérité des jugements de la jeune femme, par « *sa rigueur morale* » et par « sa conscience du mal ».

Était-elle belle au moins, notre rigoriste ?

Androgyne, peut-être ?

Peu importe, il semblerait que pour Gide, la passion passe avant tout par l'intellect. Et qu'au final, la passion n'a pas de sexe. Mais, ce qui reste un mystère, c'est que la description qu'il fait de cette jeune personne semble être son négatif. Son exact contraire. Un gage de bonheur que d'épouser son contraire ? Quant au fait qu'elle soit sa cousine, je crois qu'en 1882, personne n'avait encore étudié de près la génétique de la couronne d'Angleterre et ses pathologies afférentes pour en tirer des conclusions médicales. Les mariages entre cousins et cousines étaient encore inscrits dans les mœurs de l'époque. Mais, je vois que la transaction a tout de même pris 13 années. Et que dans les suites de ma lecture, le moins qu'on puisse en dire, c'est que ce mariage fut complexe, tout autant que le parcours qui le mènera aux fiançailles. Je lis : « *Son premier recueil,* Les Cahiers d'André Walter, *avec lequel il espère obtenir un premier succès littéraire et la main de sa cousine, rencontre la faveur de la critique, à défaut d'attirer l'attention du public.* » Nous sommes en 1889. Mais Madeleine n'arrive pas. Et Madeleine ne viendra pas. Le phénomène Gide l'effraie. Ses parents ne veulent pas de ce mariage. Et pour l'instant, la mère de Gide non plus. Les auteurs et leurs mères, c'est un autre poème. Rassurez-vous, je ne vous parlerai pas de la mienne.

Ce premier succès littéraire lui permet de rencontrer Paul Valéry avec qui il se liera d'amitié, et Mallarmé, qui s'opposera à lui, et encore d'autres illustres contemporains dans ces salons qui tenaient littérature pour nourritures terrestres. Gide entre dans le grand monde. Celui des rencontres critiques et des roues de paons. Des cahiers et des revues. Des correspondances assassines et des histoires d'alcôves.

En 1891, peu après avoir écrit *Le Traité du Narcisse*, il fait la rencontre décisive, celle qui fait que sa vie ne sera plus jamais la même et que sa vision du monde changera, sans même le concours d'un opticien. Il fait la connaissance d'Oscar Wilde. L'homme l'impressionne autant qu'il l'attire. Par sa liberté et son goût de la vie dans un premier temps, puis par sa force de conviction et sa détermination ensuite. Pour Gide, jusque-là empêtré dans une quasi-période mystique et ascétique, découlant de son éducation protestante et bourgeoise, Wilde est un démon. Mais un démon séduisant et coloré, sachant manier l'art de la tentation comme personne. Regardant êtres et choses, et surtout les femmes, comme «*un potentiel de plaisir*». Il lui ouvre la voie de l'esthétisme. *Le portrait de Dorian Gray*, écrit à Paris par Wilde à la même époque, n'est pas sans équivoque pour le jeune écrivain que devient André Gide. Wilde, dans ce roman, explore «*la beauté, la décadence et la duplicité*», sans contrefaçons. Confronté à la sévère et bien-pensante morale victorienne, le jeune dramaturge entraîne Gide sur les chemins de la rébellion. Et du plaisir. Cette initiation, et cette idée n'engage que moi, se retrouve en belle place dans *Les nourritures terrestres*.

Gide commence alors à penser que «*c'est un devoir que de se faire heureux*». Il découvre peu à peu que le plaisir est un droit, qu'il est naturel et «*qu'il est recommandable pour l'esprit comme pour le corps*». Le puritanisme protestant, les carcans de son éducation, le statut social de sa famille, les contraintes du rang, du nom et du qu'en-dira-t-on disparaissent peu à peu de son paysage. Vient à lui alors, la «*tentation de vivre*».

Et c'est heureux.

Et indiqué. Les années 93 et 94 sont pour Gide des années de voyages euphoriques, souvent abusives ou extrêmes, parfois contrariées par la maladie, sinon interrompues par Juliette, sa mère. Pour l'exemple, il part en compagnie du peintre Paul Laurens, pour neuf mois, dans un périple africain. C'est là que Gide s'avouera à ses passions qui paraissent bien obscures aujourd'hui. Il s'y « *affranchira moralement et sexuellement* », puisque c'est la formule consacrée. Puis, après la Tunisie et l'Algérie, ce sera l'Italie. Et, *Les nourritures terrestres* trouveront alors en *Paludes*, leur préface.

Je reviens presque par hasard à l'année 1895, un mot de Gide illustre la mort de sa mère. Ce mot est : « *Libératrice* ». Une mort libératrice.

Formulation terrible de conséquences, riche de non-dits, saignante de douleur. J'ai en tête cette phrase de Camus, cette phrase d'ouverture d'un des romans les plus célèbres de notre patrimoine, à savoir *L'étranger*. Cette phrase, aussi simple que dramatique, ce constat, cette réalité imposée m'avait sauté au visage à sa lecture : « *Aujourd'hui, maman est morte.* »

Le mot de Gide m'y fait penser.

Et il est antérieur à l'écrit de Camus.

Cette même année, le voyage de noces avec Madeleine dure 7 mois. Et *Les nourritures terrestres* s'achève dans l'encre noire d'un mariage non consommé. D'une désillusion. D'une victoire amère.

Nous sommes maintenant en 1897, *Les nourritures terrestres* sont bien accueillies par le public, mais ses amis de la littérature « consacrée » lui reprochent l'individualisme forcené et presque onaniste de ses plaisirs décrits. On salue cependant son lyrisme à l'unanimité. Succès d'estime pour un livre qui ne rencontrera vraiment son public que trente ans après, en 1927. Durant l'hiver 1898, Gide s'intéresse, comme la majorité des Français, à l'affaire Dreyfus. Il signe la pétition de soutien à Émile Zola, l'accusateur, mais reste dans le compromis.

Dans *La Revue blanche*, il publiera « Philoctète » qui sera vraisemblablement sa seule contribution intellectuelle à l'affaire du capitaine Alfred Dreyfus. Peu après, la sortie du *Prométhée mal enchaîné*, incompris par la critique, passe inaperçue. Gide, à cette époque, se tourne vers le théâtre, mais sans succès. Ses pièces ne se montrent pas et surtout, sont ignorées ou massacrées par la critique. La première du *Roi Caudaule* est un désastre. Même joué, le théâtre de Gide ne fonctionne pas. Il fera donc sans.

En 1902, *L'Immoraliste* est un succès. La part autobiographique du texte est assez surprenante. La chasse aux démons reste ouverte comme la chasse aux anges. Ce livre nous emmène directement en 1909 où est publiée *La Porte étroite*.

Entre les deux, Gide retrouve le désert. Dans les faits littéraires. Toujours en 1909, il fonde *La Nouvelle Revue française* (NRF), après avoir collaboré à *La Revue blanche*. Copeau et Schlumberger participent avec lui à ce qui deviendra une référence dans le paysage littéraire et intellectuel français.

En 1911, le groupe s'associe à Gaston Gallimard pour adosser une maison d'édition à la revue.

Gide rédige *Les Caves du Vatican* en 1914. Ce texte est une sorte de fable burlesque en rapport avec la fin de son amitié avec Paul Claudel, qui n'est pas parvenu à le convertir au catholicisme. Ni à le convaincre d'amitié. Cette même année, la guerre éclate. Dans ce conflit des marchands de canons, l'Europe des alliances s'étripe de bon cœur, et pour la première fois, sur terre, comme sur mer, comme dans les airs et comme sous la terre. Un tableau inédit qui ne le séduira pas. Gide n'y trouvera pas sa place, à l'inverse d'Apollinaire ou d'autres auteurs de sa génération. Il sera d'ailleurs réformé pour raison de santé. Pour lui, en cette période, la vie continue malgré le déluge. En 1916, la candide Madeleine descend du tram 33 avant son terminus. Je lis qu'elle aurait alors « *découvert les mœurs pédérastes* » de son cher, tendre et improbable époux. Elle ne remontera plus dans le tramway. Et jouera de loin, jusqu'en 1938, année de sa mort, son rôle d'épouse. Bafouée. Au même moment, l'insatiable Gide rencontre Marc, un adolescent. La passion l'enflamme, ils partent ensemble pour la Suisse, voyage qui lui inspirera une bonne partie de son célèbre roman *Les Faux-monnayeurs*. 1919, publication de *La Symphonie pastorale*, Gide aborde encore le thème de la connaissance de soi, et ironise sur le rapport intime de l'homme aux mensonges comme à la vérité. Peu après s'ensuivra une période de traductions et de conférences qui permettront aux lecteurs français de découvrir Conrad, Dostoïevski, Blake, et Pouchkine. Parallèlement, il publie son autobiographie *Si le grain ne meurt* en 1921. Trente ans avant sa mort. Plus j'avance dans mes recherches et plus je constate que la vie d'André Gide est riche et complexe ; dois-je parler de sa paternité ? De sa fille dont Madeleine ne saura jamais rien ? Je ne sais pas si c'est utile. Je lis et je note cependant quatre faits marquants communs aux nombreuses biographies sur Gide : *Corydon*, sa vie pendant la Seconde Guerre mondiale, son engagement communiste et son prix Nobel. Je vais donc aller dans cet ordre.

Corydon

Corydon est un essai philosophique publié en 1924, qui veut combattre les préjugés envers l'homosexualité et la pédérastie. Réactif à une situation judiciaire selon lui injuste, réactif aux mœurs de l'époque qui considéraient l'homosexualité comme un crime, il commencera à l'écrire en 1910. À la même époque, une autre réaction va donner lieu à une nouvelle publication. Ses amis ou proches collaborateurs se convertissent au catholicisme et essaient de l'y entraîner. *Les nouvelles nourritures* verront donc le jour en 1935. Encore aujourd'hui, le débat reste passionné et choquant. La pédérastie entraîne encore des avalanches de scandales et de procès. L'homosexualité quant à elle devient une mode, tronquée par la bisexualité.

Staline me voilà

Le communisme est le phénomène intellectuel et politique des années 30. Gide s'y intéresse comme nombre d'autres et s'enthousiasme pour l'expérience russe dans laquelle il voit « *un espoir, un laboratoire de l'homme nouveau, qu'il appelle de ses vœux* ». Sa prise de position n'est pas comprise par ses proches. Beaucoup dans le cercle des « *penseurs communistes* » regardent avec méfiance ce grand bourgeois qui vient à eux, jugeant comme l'écrira Jean Guéhenno que « *les pensées de M. Gide semblent trop souvent ne lui coûter rien* » et que « *M. Gide n'a pas assez souffert pour s'exprimer sur la condition ouvrière comme sur le partage des richesses ou l'utilité du collectivisme* ». Gide, en parallèle, est aussi actif dans diverses actions antifascistes. Il faut dire que l'Europe tout entière s'apprête à marcher au pas de l'oie dans ces années brunes. En 1936, les autorités soviétiques l'invitent en URSS. Il accepte. Sur place, ses illusions sur le système ne font pas long feu. Il est témoin de ce que véhicule le culte de Staline et des dangers de bâtir un système autour d'un « *dieu vivant* ». La censure aussi le révoltera. Le communisme, à titre personnel, a déprécié pour moi nombre de personnalités actives entre les années 30 et 70, que j'admire pourtant pour leur travail dans leurs domaines de compétences. Peintres et auteurs. Acteurs et artistes aussi, comme auteurs. Picasso ou Montand et Signoret, par exemple. Je n'ai jamais compris, surtout dans la décennie suivant l'après-guerre, comment le communisme pouvait séduire somme toute, des privilégiés. Des stars qui ont tout. Quelle bonne conscience essayaient-ils de s'offrir ? Comme les radicaux anticommunistes m'ont rapidement dégoûté « de leur combat pour la liberté ». Le renvoi de Chaplin des USA, la croisade de Wayne et d'Hollywood revenus à une propagande de guerre, l'acharnement politique et bureaucratique de nombreuses institutions, en France comme à l'étranger, les internements et les procès sommaires... et encore la guerre sur les terrains de jeu des grandes puissances Est-Ouest et la prise en otage des populations, massacrées dans la partie...

Gide finira par publier sa vérité, en un réquisitoire contre le stalinisme : « *Que le peuple des travailleurs comprenne qu'il est dupé par les communistes, comme ceux-ci le sont aujourd'hui par Moscou.* » Mais cela ne sera pas sans conséquence pour lui. Et le dénouement de la guerre d'Espagne achèvera de tuer ses engagements politiques et il déclarera vouloir mettre un terme à ses combats. Il dira avoir besoin de « *désapprendre à vivre* ». Mais l'Histoire ne lui en laissera guère le loisir, car arrivera la défaite française consécutive à la drôle de guerre, l'avènement de Pétain que, s'il l'approuve dans un premier temps, il combattra rapidement.

La Seconde Guerre mondiale

Rapidement après la création de « l'État français », Gide est accusé « *d'avoir contribué à la défaite en raison de son influence sur la jeunesse* ». Je lis : « *Les journaux de la collaboration font son procès. Les Allemands reprennent en main la NRF, désormais dirigée par Drieu la Rochelle. Gide refuse de s'associer au comité directeur. Il donne un texte au premier numéro puis, devant l'orientation prise par la revue, s'abstient de tout autre publication, à la manière de Mauriac. Malgré les pressions amicales ou inamicales, il publie dans* Le Figaro *sa volonté d'abandonner la NRF. Il refuse également une place d'académicien.* » Il fuit Paris, d'instinct, et se réfugie dans le sud de la France. À partir de 1942, les attaques dirigées contre lui (et bien d'autres) s'intensifient, sans qu'il puisse se défendre, pour cause de censure. Il embarque alors pour Tunis.

Pendant l'occupation de la ville, il constate avec effroi les effets de l'antisémitisme. Plus que d'autres privations, il souffre de son isolement. Puis, il quitte Tunis libérée pour Alger, où il rencontre le général de Gaulle. Il accepte la direction de *L'Arche*, une revue littéraire dirigée contre la NRF. J'ajoute que les communistes ont une réelle influence dans le nouveau maillage administratif français et jusque dans les nouveaux ministères qui succèdent au gouvernement Pétain. Gide se trouvera mis à mal par la résistance communiste et sera accusé à plusieurs reprises d'antipatriotisme. Il ne reviendra à

Paris qu'en mai 1946, fuyant les « *horreurs de l'épuration* » et il peinera à retrouver une place dans le monde littéraire qui n'est plus que « *politique* » et qui a perdu son « *autonomie* ».

Le prix Nobel

Après 1947, Gide n'écrit presque plus. Tout en affirmant haut et fort qu'il « *ne renie rien, y compris* Corydon », l'écrivain scandaleux qu'il a été pour certains accepte les hommages des institutions conservatrices, tel le prix Nobel de littérature cette même année, preuve selon lui « *qu'il a eu raison de croire à la vertu du petit nombre qui finit tôt ou tard par l'emporter* ». Il réaffirme également dans son discours son rôle d'intellectuel « *détaché de l'actualité* ». C'est à travers la littérature qu'André Gide s'est dressé contre les préjugés de son temps et son influence est moins redevable à ses engagements politiques qu'à son art. Il l'a bien compris et a fini par l'admettre. Mais cette lutte sera tout de même couronnée par une victoire, et pas des moindres. Non seulement il aura un flambeau à transmettre, mais ce prix Nobel de littérature, la plus haute distinction pour un écrivain, confirmera la place de Gide au panthéon des écrivains français.

L'Immoraliste

C'est un récit publié en 1902. Il raconte « *l'inversion de la conscience morale survenue chez le héros à la suite d'une maladie puis d'un retour à la santé qui bouleverse sa physiologie* ». Et pas seulement. L'auteur l'a conçu comme le pendant d'un autre récit, *La porte étroite*, qu'il a rédigé en parallèle. Et Gide avait beaucoup à dire. Et peut-être même, besoin de faire un examen de conscience.

Dans l'histoire, un narrateur rapporte la longue confidence que Michel, « l'immoraliste », a faite devant quelques amis. Homme cultivé, Michel n'est pas intéressé par les femmes. Il a pourtant jadis épousé, sans l'aimer, une femme dévouée, Marceline, qui éprouve pour lui des sentiments sincères et naturels. Au cours de leur voyage de noces en Afrique, Michel tombe gravement malade et lutte contre la mort. La contemplation de la vie, et surtout des adolescents en pleine santé qui gravitent autour de lui, lui donne la force de se battre. Il guérira « *par sa volonté* ». Le convalescent sera bientôt un homme neuf, au sortir de la maladie, et il deviendra attentif à son corps, comme « *au monde présent et sensuel qui l'entoure* ». Cela sera une sorte de révélation pour lui. Une presque renaissance. En grande partie par reconnaissance pour les soins qu'elle lui a donnés et l'affection qu'elle lui a prodiguée, Michel entoure Marceline d'attention dans les premiers temps de leur union. Après l'Afrique, leur périple se poursuivra en Italie, puis se soldera par un retour à Paris après un bref séjour en Normandie. Michel obtiendra une chaire au Collège de France. Il y rencontrera alors le personnage de Ménalque, dont la philosophie, proche de ce qui est devenu la sienne, lui donnera à la fois raison et tort dans ses choix et ses raisonnements. Le personnage oscillera alors entre exaltation et irritation. Les contradictions seront nombreuses et la morale comme la bienséance quitteront le champ de ses investigations. Quoi qu'il en soit, cette rencontre sera déterminante, au point, où, dans une fuite en avant perpétuelle et voyageuse, il en viendra à être responsable de la mort de Marceline, son épouse.

Pour le lecteur averti, ce sont des pans entiers de la propre vie de Gide qui nourrissent ce récit. Totalement en décalage avec les mœurs de l'époque. Provocateur, résolu, Gide écrira ce brûlot qui contre toute attente rencontrera un certain succès et surtout, qui lui permettra d'affirmer ce qu'il est réellement. Peut-être même, indirectement, de revendiquer ses mœurs sexuelles. Parmi les influences les plus évidentes sur la philosophie incarnée par le personnage de Michel, deux auteurs se distinguent : Oscar Wilde sous les traits de Ménalque, et Nietzsche ensuite. Les personnages et les thèmes d'inspiration nietzschéenne sont présents dans ses œuvres les plus significatives. On retrouve cette filiation dans *L'Immoraliste*, à travers le thème de l'individualisme.

L'Immoraliste fait suite aux *Nourritures terrestres* paru en 1897. Il en devient une sorte de suite, puisqu'on y retrouve sensiblement la même thématique. Celle de la libération de l'individu par les sens, ainsi que le personnage initiateur de Ménalque. Puritanisme et épicurisme sont évidemment eux aussi les duellistes de la partie.

Le récit insiste sur le déchirement qu'éprouve le personnage de Michel, qui est confronté à ses envies contre la morale et la moralité sociale. Mais à la différence des *Nourritures terrestres*, Gide ne fait pas l'apologie de l'individualisme forcené et de l'épicurisme ravageur. Au contraire, son personnage montre les faiblesses du système. Mais tout comme Baudelaire, avec *Les paradis artificiels*, les critiques de l'époque ne comprendront pas vraiment le message fondamental de l'œuvre. À noter que c'est ce livre en particulier qui fera que le gouvernement de Vichy s'en prendra à Gide, qui se verra ouvertement accusé d'avoir corrompu la jeunesse par ses écrits subversifs.

Les thèmes principaux que Gide abordera dans son livre, sont l'individualisme, la morale, l'élévation spirituelle, la culture de la différence, la maladie et le corps, l'homosexualité, l'abnégation et le sacrifice (à travers le personnage de Marceline), la mort et l'enfantement, la contrainte sociale, le voyage, la découverte, le vice et l'hypocrisie. Dans le monde littéraire de l'époque, le livre sera globalement très mal accueilli par la critique, à de rares exceptions près. De célèbres auteurs s'en prendront assez violemment à Gide.

Aux États-Unis

L'Immoraliste sera réécrit par Augustus Ruth Goetz. Il sera joué à Broadway en 1954 par Geraldine Page, Louis Jourdan et James Dean. Sur un synopsis légèrement différent : « *Un archéologue homosexuel se marie en espérant que cela puisse réfréner ses pulsions sexuelles. Dans l'incapacité de consommer le mariage, il s'engage avec sa femme dans une longue lune de miel, allant de la Normandie à l'Algérie française. Le but du voyage est pour lui de parvenir à nouer un début de relation amoureuse avec son épouse. Mais, chemin faisant, il tombe amoureux de leur jeune majordome arabe, et par une mécanique complexe, cela lui permettra de consommer enfin son mariage.* »

Yoann Laurent-Rouault
directeur littéraire des collections de JDH Éditions

BIOGRAPHIE D'ANDRÉ GIDE

Naissance	22 novembre 1869 Paris
Décès	19 février 1951 (à 81 ans) Paris
Nom de naissance	André Paul Guillaume Gide
Nationalités	Française
Formation	Lycée Henri-IV École alsacienne
Activités	Journaliste, producteur de cinéma, essayiste, dramaturge, romancier diariste, écrivain voyageur, traducteur, écrivain, prosateur. A travaillé pour *Le Figaro*
Genres artistiques	Roman, prose, dramaturgie
Influencé par	Henry Fielding, Johann Wolfgang von Goethe, Victor Hugo, Fiodor Dostoïevski, Stéphane Mallarmé, Friedrich Nietzsche, Joris-Karl Huysmans, Roger Martin du Gard, Oscar Wilde
Distinction	Goethe-Medaille für Kunst und Wissenschaft Prix Nobel de littérature (1947) Médaille Goethe de la ville de Francfort (1949)

SES ŒUVRES

– *Les Cahiers d'André Walter*, L'Art indépendant, 1891.
– *Le Traité du Narcisse*, L'Art indépendant, 1891.
– *Les Poésies d'André Walter*, L'Art indépendant, 1892.
– *Le Voyage d'Urien*, L'Art indépendant, 1893.
– *La Tentative amoureuse*, L'Art indépendant, 1893.
– *Paludes*, L'Art indépendant, 1895.
– *Réflexions sur quelques points de littérature et de morale*, Mercure de France, 1897.
– *Les Nourritures terrestres*, Paris : Mercure de France, 1897.
– *Feuilles de route 1895-1896*, SLND (Bruxelles), 1897.
– *Le Prométhée mal enchaîné*, Mercure de France, 1899.
– *Philoctète* et *El Hadj*, Mercure de France, 1899.
– *Lettres à Angèle*, Mercure de France, 1900.
– *De l'Influence en littérature*, L'Ermitage, 1900, rééd. Allia, Paris, 2010, 48 p., (ISBN 978-2-84485-358-5)
– *Le Roi Candaule*, La Revue blanche, 1901.
– *Les Limites de l'Art*, L'Ermitage, 1901.
– *L'Immoraliste*, Mercure de France, 1902.
– *Saül*, Mercure de France, 1903.
– *De l'Importance du Public*, L'Ermitage, 1903.
– *Prétextes*, Mercure de France, 1903.
– *Amyntas*, Mercure de France, 1906.
– *Le Retour de l'Enfant prodigue*, Vers et Prose, 1907.
– *Dostoïevsky d'après sa correspondance*, Jean et Berger, 1908.
– *La Porte étroite*, Mercure de France, 1909.
– *Oscar Wilde*, Mercure de France, 1910.
– *Nouveaux Prétextes*, Mercure de France, 1911.
– *Charles-Louis Philippe*, Figuière, 1911.
– *C.R.D.N.*, 1911 (tirage privé à 12 exemplaires).
– *Isabelle*, Paris : NRF, 1911.
– *Bethsabé*, L'Occident, 1912.
– *Ne jugez pas : souvenirs de la cour d'assises*, Gallimard, 1913.
– *Les Caves du Vatican*, NRF, 1914.
– *La Symphonie pastorale*, NRF, 1919.
– *Corydon*, 1920 (tirage privé à 21 exemplaires).
– *Morceaux choisis*, NRF, 1921.
– *Pages choisies*, Crès, 1921.
– *Numquid et tu…?* SLND [Bruges, 1922].
– *Dostoïevsky*, Plon, 1923.

- *Incidences*, NRF, 1924.
- *Corydon*, NRF, 1924.
- *Caractères*, La Porte étroite, 1925.
- *Les Faux-monnayeurs*, NRF, 1925.
- *Si le grain ne meurt*, NRF, 1926.
- *Le Journal des Faux-Monnayeurs*, Éos, 1926.
- *Dindiki*, 1927.
- *Voyage au Congo*, NRF, 1927.
- *Le Retour du Tchad*, NRF, 1928.
- *L'École des femmes*, NRF, 1929.
- *Essai sur Montaigne*, Schiffrin, 1929.
- *Un esprit non prévenu*, Kra, 1929.
- *Robert*, NRF, 1930.
- *La Séquestrée de Poitiers*, Gallimard, 1930.
- *L'Affaire Redureau*, Gallimard, 1930.
- *Œdipe*, Schiffrin, Paris : Éditions de la Pléiade, 1931.
- *Divers*, Gallimard, 1931.
- *Perséphone*, Gallimard, 1934.
- *Pages de Journal 1929-1932*, Gallimard, 1934.
- *Les Nouvelles Nourritures*, Gallimard, 1935.
- *Nouvelles Pages de Journal 1932-1935*, Gallimard, 1936.
- *Geneviève*, Gallimard, 1936.
- *Retour de l'U.R.S.S.*, Gallimard, 1936.
- *Retouches à mon Retour de l'U.R.S.S.*, Gallimard, 1937.
- *Notes sur Chopin*, Revue Internationale de Musique, 1938.
- *Journal 1889-1939*, Paris : NRF, 1939. Collection « Bibliothèque de la Pléiade », n° 54. Réimprimé en 1977.
- *Les pages immortelles de Montaigne* (préface et anthologie), Corrêa, 1939.
- *Découvrons Henri Michaux*, Gallimard, 1941.
- *Théâtre : Saül, Le Roi Candaule, Œdipe, Perséphone, Le Treizième Arbre*, Gallimard, 1942.
- *Interviews imaginaires*, Éd. du Haut-Pays, 1943.
- *Pages de Journal*, Alger, Charlot, 1944. Sur la période 1939-1941.
- *Pages de Journal 1939-1942*, Schiffrin, 1944.
- *Thésée*, New York : Pantheon Books, J. Schiffrin, 1946. Gallimard, 1946.
- *Souvenirs littéraires et problèmes actuels*, Les Lettres Françaises, 1946.
- *Le Retour*, Ides et Calendes, 1946.
- *Paul Valéry*, Domat, 1947.
- *Poétique*, Ides et Calendes, 1947.

- *Le Procès*, Gallimard, 1947.
- *L'Arbitraire*, Le Palimugre, 1947.
- *Préfaces*, Ides et Calendes, 1948.
- *Rencontres*, Ides et Calendes, 1948.
- *Les Caves du Vatican (farce)*, Ides et Calendes, 1948.
- *Éloges*, Ides et Calendes, 1948.
- *Robert ou l'Intérêt général*, Ides et Calendes, 1949.
- *Feuillets d'automne*, Mercure de France, 1949.
- *Anthologie de la poésie française*, NRF, 1949.
- *Journal 1942-1949*, Gallimard, 1950.
- *Littérature engagée*, Gallimard, 1950.
- *Égypte 1939*, SLND [Paris, 1951].
- *Et nunc manet in te*, Ides et Calendes, 1951.

*Je te loue, ô mon Dieu,
de ce que tu m'as fait créature si admirable.*

PSAUMES, CXXXIX, 14

INTRODUCTION

Je donne ce livre pour ce qu'il vaut. C'est un fruit plein de cendre amère ; il est pareil aux coloquintes du désert qui croissent aux endroits calcinés et ne présentent à la soif qu'une plus atroce brûlure, mais sur le sable d'or ne sont pas sans beauté.

Que si j'avais donné mon héros pour exemple, il faut convenir que j'aurais bien mal réussi[1] *; les quelques rares qui voulurent bien s'intéresser à l'aventure de Michel, ce fut pour le honnir de toute la force de leur bonté. Je n'avais pas en vain orné de tant de vertus Marceline ; on ne pardonnait pas à Michel de ne pas la préférer à soi.*

Que si j'avais donné ce livre pour un acte d'accusation contre Michel, je n'aurais guère réussi davantage, car nul ne me sut gré de l'indignation qu'il ressentait contre mon héros ; cette indignation, il semblait qu'on la ressentît malgré moi ; de Michel elle débordait sur moi-même ; pour un peu, l'on voulait me confondre avec lui.

Mais je n'ai voulu faire en ce livre non plus acte d'accusation qu'apologie, et me suis gardé de juger. Le public ne pardonne plus, aujourd'hui, que l'auteur, après l'action qu'il peint, ne se déclare pas pour ou contre ; bien plus, au cours même du drame on voudrait qu'il prît parti, qu'il se prononçât nettement soit pour Alceste, soit pour Philinte, pour Hamlet ou pour Ophélie, pour Faust ou pour Marguerite, pour Adam ou pour Jéhovah. Je ne prétends pas, certes, que la neutralité (j'allais dire : l'indécision) soit signe sûr d'un grand esprit ; mais je crois que maints grands esprits ont beaucoup répugné à... conclure – et que bien poser un problème n'est pas le supposer d'avance résolu.

C'est à contrecœur que j'emploie ici le mot « problème ». À vrai dire, en art, il n'y a pas de problèmes – dont l'œuvre d'art ne soit la suffisante solution.

Si par « problème » on entend « drame », dirai-je que celui que ce livre raconte, pour se jouer en l'âme même de mon héros, n'en est pas moins trop général pour rester circonscrit dans sa singulière aventure. Je n'ai pas la prétention d'avoir inventé ce « problème » ; il existait avant mon livre ; que Michel triomphe ou succombe, le « problème » continue d'être, et l'auteur ne propose comme acquis ni le triomphe, ni la défaite.

Que si quelques esprits distingués n'ont consenti de voir en ce drame que l'exposé d'un cas bizarre, et en son héros qu'un malade ; s'ils ont méconnu que quelques idées très pressantes et d'intérêt très général peuvent cependant l'habiter – la faute n'en est pas à ces idées ou à ce drame, mais à l'auteur, et j'entends : à sa maladresse – encore qu'il ait mis dans ce livre toute sa passion, toutes ses larmes

---

[1] Il a paru en juin 1902 une édition petit in-8° de ce livre, tirée à 300 exemplaires sur vergé d'Arches.

et tout son soin. Mais l'intérêt réel d'une œuvre et celui que le public d'un jour y porte, ce sont deux choses très différentes. On peut sans trop de fatuité, je crois, préférer risquer de n'intéresser point le premier jour, avec des choses intéressantes — que passionner sans lendemain un public friand de fadaises.

Au demeurant, je n'ai cherché de rien prouver, mais de bien peindre et d'éclairer bien ma peinture.

(À Monsieur D. R., président du conseil.)

Sidi b. M. 30 juillet 189.

Oui, tu le pensais bien : Michel nous a parlé, mon cher frère. Le récit qu'il nous fit, le voici. Tu l'avais demandé ; je te l'avais promis ; mais à l'instant de l'envoyer, j'hésite encore, et plus je le relis et plus il me paraît affreux. Ah ! que vas-tu penser de notre ami ? D'ailleurs qu'en pensé-je moi-même ? Le réprouverons-nous simplement, niant qu'on puisse tourner à bien des facultés qui se manifestent cruelles ? – Mais il en est plus d'un aujourd'hui, je le crains, qui oserait en ce récit se reconnaître. Saura-t-on inventer l'emploi de tant d'intelligence et de force – ou refuser à tout cela droit de cité ? En quoi Michel peut-il servir l'État ? J'avoue que je l'ignore... Il lui faut une occupation. La haute position que t'ont value tes grands mérites, le pouvoir que tu tiens, permettront-ils de la trouver ? – Hâte-toi. Michel est dévoué : il l'est encore ; il ne le sera bientôt plus qu'à lui-même.

Je t'écris sous un azur parfait ; depuis les douze jours que Denis, Daniel et moi sommes ici, pas un nuage, pas une diminution de soleil. Michel dit que le ciel est pur depuis deux mois.

Je ne suis ni triste, ni gai ; l'air d'ici vous emplit d'une exaltation très vague et vous fait connaître un état qui paraît aussi loin de la gaieté que de la peine ; peut-être que c'est le bonheur.

Nous restons auprès de Michel ; nous ne voulons pas le quitter ; tu comprendras pourquoi, si tu veux bien lire ces pages ; c'est donc ici, dans sa demeure, que nous attendons ta réponse ; ne tarde pas.

Tu sais quelle amitié de collège, forte déjà, mais chaque année grandie, liait Michel à Denis, à Daniel, à moi. Entre nous quatre une sorte de pacte fut conclu : au moindre appel de l'un devaient répondre les trois autres. Quand donc je reçus de Michel ce mystérieux cri d'alarme, je prévins aussitôt Daniel et Denis, et tous trois, quittant tout, nous partîmes.

Nous n'avions pas revu Michel depuis trois ans. Il s'était marié, avait emmené sa femme en voyage, et, lors de son dernier passage à Paris, Denis était en Grèce, Daniel en Russie, moi retenu, tu le sais, auprès de notre père malade. Nous n'étions pourtant pas restés sans nouvelles ; mais celles que Silas et Will, qui l'avaient revu, nous donnèrent, n'avaient pu que nous étonner. Un changement se produisait en lui, que nous n'expliquions pas encore. Ce n'était plus le puritain très docte de naguère, aux gestes maladroits à force d'être convaincus, aux regards si clairs que devant eux souvent nos trop libres propos s'arrêtèrent. C'était… mais pourquoi t'indiquer déjà ce que son récit va te dire ?

Je t'adresse donc ce récit, tel que Denis, Daniel et moi l'entendîmes. Michel le fit sur sa terrasse où près de lui nous étions étendus dans l'ombre et dans la clarté des étoiles. À la fin du récit, nous avons vu le jour se lever sur la plaine. La maison de Michel la domine, ainsi que le village dont elle n'est distante que peu. Par la chaleur, et toutes les moissons fauchées, cette plaine ressemble au désert.

La maison de Michel, bien que pauvre et bizarre, est charmante. L'hiver, on souffrirait du froid, car pas de vitres aux fenêtres ; ou plutôt pas de fenêtres du tout, mais de vastes trous dans les murs. Il fait si beau que nous couchons dehors sur des nattes.

Que je te dise encore que nous avions fait bon voyage. Nous sommes arrivés ici le soir, exténués de chaleur, ivres de nouveauté, nous étant arrêtés à peine à Alger, puis à Constantine. De Constantine un nouveau train nous emmenait jusqu'à Sidi b.

M. où une carriole attendait. La route cesse loin du village. Celui-ci perche au haut d'un roc comme certains bourgs de l'Ombrie. Nous montâmes à pied ; deux mulets avaient pris nos valises. Quand on y vient par ce chemin, la maison de Michel est la première du village. Un jardin fermé de murs bas, ou plutôt un enclos l'entoure, où croissent trois grenadiers déjetés et un superbe laurier-rose. Un enfant kabyle était là, qui s'est enfui dès notre approche, escaladant le mur sans façon.

Michel nous a reçus sans témoigner de joie ; très simple, il semblait craindre toute manifestation de tendresse ; mais sur le seuil, d'abord, il embrassa chacun de nous trois gravement.

Jusqu'à la nuit nous n'échangeâmes pas dix paroles. Un dîner presque tout frugal était prêt dans un salon dont les somptueuses décorations nous étonnèrent, mais que t'expliquera le récit de Michel. Puis il nous servit le café qu'il prit soin de faire lui-même. Puis nous montâmes sur la terrasse d'où la vue à l'infini s'étendait, et, tous trois, pareils aux trois amis de Job, nous attendîmes, admirant sur la plaine en feu le déclin brusque de la journée. Quand ce fut la nuit, Michel dit :

PREMIÈRE PARTIE

I

Mes chers amis, je vous savais fidèles. À mon appel vous êtes accourus, tout comme j'eusse fait au vôtre. Pourtant voici trois ans que vous ne m'aviez vu. Puisse votre amitié, qui résiste si bien à l'absence, résister aussi bien au récit que je veux vous faire. Car si je vous appelai brusquement, et vous fis voyager jusqu'à ma demeure lointaine, c'est pour vous voir, uniquement, et pour que vous puissiez m'entendre. Je ne veux pas d'autre secours que celui-là : vous parler. Car je suis à tel point de ma vie que je ne peux plus dépasser. Pourtant ce n'est pas lassitude. Mais je ne comprends plus. J'ai besoin… J'ai besoin de parler, vous dis-je. Savoir se libérer n'est rien ; l'ardu, c'est savoir être libre. – Souffrez que je parle de moi ; je vais vous raconter ma vie, simplement, sans modestie et sans orgueil, plus simplement que si je parlais à moi-même. Écoutez-moi :

La dernière fois que nous nous vîmes, c'était, il m'en souvient, aux environs d'Angers, dans la petite église de campagne où mon mariage se célébrait. Le public était peu nombreux, et l'excellence des amis faisait de cette cérémonie banale une cérémonie touchante. Il me semblait que l'on était ému, et cela m'émouvait moi-même. Dans la maison de celle qui devenait ma femme, un court repas vous réunit à nous au sortir de l'église ; puis la voiture commandée nous emmena, selon l'usage qui joint en nos esprits, à l'idée d'un mariage, la vision d'un quai de départ.

Je connaissais très peu ma femme et pensais, sans en trop souffrir, qu'elle ne me connaissait pas davantage. Je l'avais épousée sans amour, beaucoup pour complaire à mon père, qui, mourant, s'inquiétait de me laisser seul. J'aimais mon père tendrement ; occupé par son agonie, je ne songeai, en ces tristes moments, qu'à lui rendre sa fin plus douce ; et ainsi j'engageai ma vie sans savoir ce que pouvait être la vie. Nos fiançailles au chevet du mourant furent sans rires, mais non sans grave joie, tant la paix qu'en obtint mon père fut grande. Si je n'aimais pas, dis-je, ma fiancée, du moins n'avais-je jamais aimé d'autre femme. Cela suffisait à mes yeux pour assurer notre bonheur ; et, m'ignorant encore moi-même, je crus me donner tout à elle. Elle était orpheline, elle aussi, et vivait avec ses deux frères. Marceline avait à peine vingt ans ; j'en avais quatre de plus qu'elle.

J'ai dit que je ne l'aimais point ; du moins n'éprouvais-je pour elle rien de ce qu'on appelle amour, mais je l'aimais, si l'on veut entendre par là de la tendresse, une sorte de pitié, enfin une estime assez grande. Elle était catholique et je suis protestant... mais je croyais l'être si peu ! Le prêtre m'accepta ; moi j'acceptai le prêtre ; cela se joua sans impair.

Mon père était, comme l'on dit, « athée » ; du moins je le suppose, n'ayant, par une sorte d'invincible pudeur que je crois bien qu'il partageait, jamais pu causer avec lui de ses croyances. Le grave enseignement huguenot de ma mère s'était, avec sa belle image, lentement effacé en mon cœur ; vous savez que je la perdis jeune. Je ne soupçonnais pas encore combien cette première morale d'enfant nous maîtrise, ni quels plis elle laisse à l'esprit. Cette sorte d'austérité dont ma mère m'avait laissé le goût en m'en inculquant les principes, je la reportai toute à l'étude. J'avais quinze ans quand je perdis ma mère ; mon père s'occupa de moi, m'entoura et mit sa passion à m'instruire. Je savais déjà bien le latin et le grec ; avec lui j'appris vite l'hébreu, le sanscrit, et enfin le persan et, l'arabe. Vers vingt ans, j'étais si chauffé qu'il osait m'associer à ses travaux. Il s'amusait à me prétendre son égal et voulut m'en donner la preuve. *L'Essai sur les cultes phrygiens,* qui parut sous son nom, fut mon œuvre ; à peine l'avait-il revu ; rien jamais ne lui valut tant d'éloges. Il fut ravi. Pour moi, j'étais confus de voir cette supercherie réussir. Mais désormais je fus lancé. Les savants les plus érudits me traitaient comme leur collègue. Je souris maintenant de tous les honneurs qu'on me fit... Ainsi j'atteignis vingt-cinq ans, n'ayant presque rien regardé que des ruines ou des livres, et ne connaissant rien de la vie ; j'usais dans le travail une ferveur singulière. J'aimais quelques amis (vous en fûtes), mais plutôt l'amitié qu'eux-mêmes ; mon dévouement pour eux était grand, mais c'était besoin de noblesse ; je chérissais en moi chaque beau sentiment. Au demeurant, j'ignorais mes amis, comme je m'ignorais moi-même. Pas un instant ne me survint l'idée que j'eusse pu mener une existence différente ni qu'on pût vivre différemment.

À mon père et à moi des choses simples suffisaient ; nous dépensions si peu tous deux, que j'atteignis mes vingt-cinq ans sans savoir que nous étions riches. J'imaginais, sans y songer souvent, que nous avions seulement de quoi vivre, et j'avais pris, près de mon père, des habitudes d'économie telles que je fus presque gêné quand je compris que nous possédions beaucoup plus. J'étais à ce point distrait de ces choses, que ce ne fut même pas après le décès de mon père, dont j'étais unique héritier, que je pris conscience un peu plus nette de ma fortune, mais seulement lors du contrat de mon mariage, et pour m'apercevoir du même coup que Marceline ne m'apportait presque rien.

Une autre chose que j'ignorais, plus importante encore peut-être, c'est que j'étais d'une santé très délicate. Comment l'eussé-je su, ne l'ayant pas mise à l'épreuve ? J'avais des rhumes de temps à autre, et les soignais négligemment. La vie trop calme que je menais m'affaiblissait et me préservait à la fois. Marceline, au contraire, semblait robuste ; et qu'elle le fût plus que moi, c'est ce que nous devions bientôt apprendre.

Le soir même de nos noces, nous couchions dans mon appartement de Paris, où l'on nous avait préparé deux chambres. Nous ne restâmes à Paris que le temps qu'il fallut pour d'indispensables emplettes, puis gagnâmes Marseille, d'où nous nous embarquâmes aussitôt pour Tunis.

Les soins urgents, l'étourdissement des derniers événements trop rapides, l'indispensable émotion des noces venant sitôt après celle plus réelle de mon deuil, tout cela m'avait épuisé. Ce ne fut que sur le bateau que je pus sentir ma fatigue. Jusqu'alors chaque occupation, en l'accroissant, m'en distrayait. Le loisir obligé du bord me permettait enfin de réfléchir. C'était, me semblait-il, pour la première fois.

Pour la première fois aussi, je consentais d'être privé longtemps de mon travail. Je ne m'étais accordé jusqu'alors que de courtes vacances. Un voyage en Espagne avec mon père, peu de temps après la mort de ma mère, avait, il est vrai, duré plus d'un mois ; un autre, en Allemagne, six semaines ; d'autres encore ; mais toujours des voyages d'études ; mon père ne s'y distrayait point de ses recherches très précises ; moi, sitôt que je ne l'y suivais plus, je lisais. Et pourtant, à peine avions-nous quitté Marseille, divers souvenirs de Grenade et de Séville se ravivèrent, de ciel plus pur, d'ombres plus franches, de fêtes, de rires et de chants. Voilà ce que nous allons retrouver, pensai-je. Je montai sur le pont du navire et regardai Marseille s'écarter.

Puis, brusquement, je songeai que je délaissais un peu Marceline.

Elle était assise à l'avant ; je m'approchai, et, pour la première fois vraiment, la regardai.

Marceline était très jolie. Vous le savez ; vous l'avez vue. Je me reprochai de ne m'en être pas d'abord aperçu. Je la connaissais trop pour la voir avec nouveauté ; nos familles de tout temps étaient liées ; je l'avais vue grandir ; j'étais habitué à sa grâce… Pour la première fois je m'étonnai, tant cette grâce me parut grande.

Sur un simple chapeau de paille noire elle laissait flotter un grand voile. Elle était blonde, mais ne paraissait pas délicate. Sa jupe et son corsage pareils étaient faits d'un châle écossais que nous avions choisi ensemble. Je n'avais pas voulu qu'elle s'assombrît de mon deuil.

Elle sentit que je la regardais, se retourna vers moi… Jusqu'alors je n'avais eu près d'elle qu'un empressement de commande ; je remplaçais, tant bien que mal, l'amour par une sorte de galanterie froide qui, je le voyais bien, l'importunait un peu ; Marceline sentit-elle à cet instant que je la regardais pour la première fois d'une manière différente ? À son tour, elle me regarda fixement ; puis, très tendrement, me sourit. Sans parler, je m'assis près d'elle. J'avais vécu pour moi ou du moins selon moi jusqu'alors ; je m'étais marié sans imaginer en ma femme autre chose qu'un camarade, sans songer bien précisément que, de notre union, ma vie pourrait être changée. Je venais de comprendre enfin que là cessait le monologue.

Nous étions tous deux seuls sur le pont. Elle tendit son front vers moi ; je la pressai doucement contre moi ; elle leva les yeux ; je l'embrassai sur les paupières, et sentis brusquement, à la faveur de mon baiser, une sorte de pitié nouvelle ; elle m'emplit si violemment, que je ne pus retenir mes larmes.

— Qu'as-tu donc ? me dit Marceline.

Nous commençâmes à parler. Ses propos charmants me ravirent. Je m'étais fait, comme j'avais pu, quelques idées sur la sottise des femmes. Près d'elle, ce soir-là, ce fut moi qui me parus gauche et stupide.

Ainsi donc, celle à qui j'attachais ma vie avait sa vie propre et réelle ! L'importance de cette pensée m'éveilla plusieurs fois cette nuit ; plusieurs fois je me dressai sur ma couchette pour voir, sur l'autre couchette plus bas, Marceline, ma femme, dormir.

Le lendemain, le ciel était splendide ; la mer calme à peu près. Quelques conversations point pressées diminuèrent encore notre gêne. Le mariage vraiment commençait. Au matin du dernier jour d'octobre, nous débarquâmes à Tunis.

Mon intention était de n'y rester que peu de jours. Je vous confesserai ma sottise : rien dans ce pays neuf ne m'attirait que Carthage et quelques ruines romaines : Timgat, dont Octave m'avait parlé, les mosaïques de Sousse et surtout l'amphithéâtre d'El Djem, où je me proposais de courir sans tarder. Il fallait d'abord gagner Sousse, puis de Sousse prendre la voiture des postes ; je voulais que rien d'ici là ne fût digne de m'occuper.

Pourtant Tunis me surprit fort. Au toucher de nouvelles sensations s'émouvaient telles parties de moi, des facultés endormies qui, n'ayant pas encore servi, avaient gardé toute leur mystérieuse jeunesse.

J'étais plus étonné, ahuri, qu'amusé, et ce qui me plaisait surtout, c'était la joie de Marceline. Ma fatigue cependant devenait chaque jour plus grande ; mais j'eusse trouvé honteux d'y céder. Je toussais et sentais au haut de la poitrine un trouble étrange. Nous allons vers le sud, pensai-je ; la chaleur me remettra.

Ma fatigue cependant devenait chaque jour plus grande ; mais j'eusse trouvé honteux d'y céder. Je toussais et sentais au haut de la poitrine un trouble étrange. Nous allons vers le sud, pensai-je ; la chaleur me remettra.

La diligence de Sfax quitte Sousse le soir à huit heures ; elle traverse El Djem à une heure du matin. Nous avions retenu les places du coupé. Je m'attendais à trouver une guimbarde inconfortable ; nous étions au contraire assez commodément installés. Mais le froid !... Par quelle puérile confiance en la douceur d'air du Midi, légèrement vêtus tous deux, n'avions-nous emporté qu'un châle ? Sitôt sortis de Sousse et de l'abri de ses collines, le vent commença de souffler. Il faisait de grands bonds sur la plaine, hurlait, sifflait, entrait par chaque fente des portières ; rien ne pouvait en préserver. Nous arrivâmes tout transis, moi, de plus, exténué par les cahots de la voiture, et par une horrible toux qui me secouait encore plus. Quelle nuit ! – Arrivés à El Djem, pas d'auberge ; un affreux bordj en tenait lieu : que faire ? La diligence repartait. Le village était endormi ; dans la nuit qui paraissait immense, on entrevoyait vaguement la masse informe des ruines ; des chiens hurlaient. Nous rentrâmes dans une salle terreuse où deux lits misérables étaient dressés. Marceline tremblait de froid, mais là du moins le vent ne nous atteignait plus.

Le lendemain fut un jour morne. Nous fûmes surpris, en sortant, de voir un ciel uniformément gris. Le vent soufflait toujours, mais moins impétueusement que la veille. La diligence ne devait repasser que le soir... Ce fut, vous dis-je, un jour lugubre. L'amphithéâtre, en quelques instants parcouru, me déçut ; même il me parut laid, sous ce ciel terne. Peut-être ma fatigue aidait-elle, augmentait-elle mon ennui. Vers le milieu du jour, par désœuvrement, j'y revins, cherchant en vain quelques inscriptions sur les pierres. Marceline, à l'abri du vent, lisait un livre anglais qu'elle avait par bonheur emporté. Je revins m'asseoir auprès d'elle.

— Quel triste jour ! Tu ne t'ennuies pas trop ? lui dis-je.

— Non, tu vois : je lis.
— Que sommes-nous venus faire ici ? Tu n'as pas froid, au moins.
— Pas trop. Et toi ? C'est vrai ! tu es tout pâle.
— Non...
La nuit, le vent reprit sa force... Enfin la diligence arriva.
Nous repartîmes.
Dès les premiers cahots je me sentis brisé. Marceline, très fatiguée, s'endormit vite sur mon épaule. Mais ma toux va la réveiller, pensai-je, et doucement, doucement, me dégageant, je l'inclinai vers la paroi de la voiture. Cependant je ne toussais plus, non : je crachais ; c'était nouveau ; j'amenais cela sans effort ; cela venait par petits coups, à intervalles réguliers ; c'était une sensation si bizarre que d'abord je m'en amusai presque, mais je fus bien vite écœuré par le goût inconnu que cela me laissait dans la bouche. Mon mouchoir fut vite hors d'usage. Déjà j'en avais plein les doigts. Vais-je réveiller Marceline ?... Heureusement je me souvins d'un grand foulard qu'elle passait à sa ceinture. Je m'en emparai doucement. Les crachats que je ne retins plus vinrent avec plus d'abondance. J'en étais extraordinairement soulagé. C'est la fin du rhume, pensai-je. Soudain je me sentis très faible ; tout se mit à tourner et je crus que j'allais me trouver mal. Vais-je la réveiller ?... ah ! fi !... (J'ai gardé, je crois, de mon enfance puritaine la haine de tout abandon par faiblesse ; je le nomme aussitôt lâcheté.) Je me repris, me cramponnai, finis par maîtriser mon vertige... Je me crus sur mer de nouveau, et le bruit des roues devenait le bruit de la lame... Mais j'avais cessé de cracher.

Puis, je roulai dans une sorte de sommeil.

Quand j'en sortis, le ciel était déjà plein d'aube ; Marceline dormait encore. Nous approchions. Le foulard que je tenais à la main était sombre, de sorte qu'il n'y paraissait rien d'abord ; mais, quand je ressortis mon mouchoir, je vis avec stupeur qu'il était plein de sang.

Ma première pensée fut de cacher ce sang à Marceline. Mais comment ? – J'en étais tout taché ; j'en voyais partout, à présent ; mes doigts surtout... – J'aurai saigné du nez... C'est cela ; si elle interroge, je lui dirai que j'ai saigné du nez.

Marceline dormait toujours. On arriva. Elle dut descendre d'abord et ne vit rien. On nous avait gardé deux chambres. Je pus m'élancer dans la mienne, faire disparaître le sang. Marceline n'avait rien vu.

Pourtant je me sentais très faible et fis monter du thé pour nous deux. Et tandis qu'elle l'apprêtait, très calme, un peu pâle elle-même, souriante, une sorte d'irritation me vint de ce qu'elle n'eût rien su voir. Je me sentais injuste, il est vrai, me disais : si elle n'a rien vu, c'est que je cachais bien ; n'importe ; rien n'y fit ; cela grandit en moi comme un instinct, m'envahit... à la fin cela fut trop fort ; je n'y tins plus : comme distraitement, je lui dis :

— J'ai craché le sang, cette nuit.

Elle n'eut pas un cri ; simplement elle devint beaucoup plus pâle, chancela, voulut se retenir, et tomba lourdement sur le plancher.

Je m'élançai vers elle avec une sorte de rage : Marceline ! Marceline ! – Allons bon ! qu'ai-je fait ! Ne suffisait-il pas que *moi* je sois malade ? – Mais j'étais, je l'ai dit, très faible ; peu s'en fallut que je ne me trouvasse mal à mon tour. J'ouvris la porte ; j'appelai ; on accourut.

Dans ma valise se trouvait, je m'en souvins, une lettre d'introduction auprès d'un officier de la ville ; je m'autorisai de ce mot pour envoyer chercher le major.

Marceline cependant s'était remise ; à présent elle était au chevet de mon lit, dans lequel je tremblais de fièvre. Le major arriva, nous examina tous les deux : Marceline n'avait rien, affirma-t-il, et ne se ressentait pas de sa chute ; moi j'étais atteint gravement ; même il ne voulut pas se prononcer et promit de revenir avant le soir.

Il revint, me sourit, me parla et me donna divers remèdes. Je compris qu'il me condamnait. – Vous l'avouerai-je ? Je n'eus pas un sursaut. J'étais las. Je m'abandonnai, simplement. –

« Après tout, que m'offrait la vie ? J'avais bien travaillé jusqu'au bout, fait résolument et passionnément mon devoir. Le reste... ah ! que m'importe ? » pensai-je, en trouvant suffisamment beau mon stoïcisme. Mais ce dont je souffrais, c'était de la laideur du lieu. « Cette chambre d'hôtel est affreuse » – et je la regardai. Brusquement, je songeai qu'à côté, dans une chambre pareille, était ma femme, Marceline ; et je l'entendis qui parlait. Le docteur n'était pas parti ; il s'entretenait avec elle ; il s'efforçait de parler bas. Un peu de temps passa : je dus dormir...

Quand je me réveillai, Marceline était là. Je compris qu'elle avait pleuré. Je n'aimais pas assez la vie pour avoir pitié de moi-même ; mais la laideur de ce lieu me gênait ; presque avec volupté mes yeux se reposaient sur elle.

À présent, près de moi, elle écrivait. Elle me paraissait jolie. Je la vis fermer plusieurs lettres. Puis elle se leva, s'approcha de mon lit, tendrement prit ma main :

— Comment te sens-tu maintenant ? me dit-elle. Je souris, lui dis tristement :

— Guérirai-je ? Mais, aussitôt, elle me répondit : – Tu guériras ! – avec une conviction si passionnée que, presque convaincu moi-même, j'eus comme un confus sentiment de tout ce que la vie pouvait être, de son amour à elle, la vague vision de si pathétiques beautés, que les larmes jaillirent de mes yeux et que je pleurai longuement sans pouvoir ni vouloir m'en défendre.

Par quelle violence d'amour elle put me faire quitter Sousse ; entouré de quels soins charmants, protégé, secouru, veillé… de Sousse à Tunis, puis de Tunis à Constantine, Marceline fut admirable. C'est à Biskra que je devais guérir. Sa confiance était parfaite ; son zèle ne retomba pas un instant. Elle préparait tout, dirigeait les départs et s'assurait des logements. Elle ne pouvait faire, hélas ! que ce voyage fût moins atroce. Je crus plusieurs fois devoir m'arrêter et finir. Je suais comme un moribond, j'étouffais, par moments perdais connaissance. À la fin du troisième jour, j'arrivai à Biskra comme mort.

II

Pourquoi parler des premiers jours ? Qu'en reste-t-il ? Leur affreux souvenir est sans voix. Je ne savais plus ni qui, ni où j'étais. Je revois seulement, au-dessus de mon lit d'agonie, Marceline, ma femme, ma vie, se pencher. Je sais que ses soins passionnés, que son amour seul, me sauvèrent. Un jour enfin, comme un marin perdu qui aperçoit la terre, je sentis qu'une lueur de vie se réveillait ; je pus sourire à Marceline. Pourquoi raconter tout cela ? L'important, c'était que la mort m'eût touché, comme l'on dit, de son aile. L'important, c'est qu'il devînt pour moi très étonnant que je vécusse, c'est que le jour devînt pour moi d'une lumière inespérée. Avant, pensais-je, je ne comprenais pas que je vivais. Je devais faire de la vie la palpitante découverte.

Le jour vint où je pus me lever. Je fus complètement séduit par notre home. Ce n'était presque qu'une terrasse. Quelle terrasse ! Ma chambre et celle de Marceline y donnaient ; elle se prolongeait sur des toits. L'on voyait, lorsqu'on en avait atteint la partie la plus haute, par-dessus les maisons, des palmiers ; par-dessus les palmiers, le désert. L'autre côté de la terrasse touchait aux jardins de la ville ; les branches des derniers mimosas l'ombrageaient ; enfin elle longeait la cour, une petite cour régulière, plantée de six palmiers réguliers, et finissait à l'escalier qui la reliait à la cour. Ma chambre était vaste, aérée ; murs blanchis à la chaux, rien aux murs ; une petite porte menait à la chambre de Marceline ; une grande porte vitrée ouvrait sur la terrasse.

Là coulèrent des jours sans heures. Que de fois, dans ma solitude, j'ai revu ces lentes journées !... Marceline est auprès de moi. Elle lit ; elle coud ; elle écrit. Je ne fais rien. Je la regarde.

Ô Marceline ! Marceline !... Je regarde. Je vois le soleil ; je vois l'ombre ; je vois la ligne de l'ombre se déplacer ; j'ai si peu à penser, que je l'observe. Je suis encore très faible ; je respire très mal ; tout me fatigue, même lire ; d'ailleurs que lire ? Être m'occupe assez.

Un matin, Marceline entre en riant :

— Je t'amène un ami, dit-elle ; et je vois entrer derrière elle un petit Arabe au teint brun. Il s'appelle Bachir, a de grands yeux silencieux qui me regardent. Je suis plutôt un peu gêné, et cette gêne déjà me fatigue ; je ne dis rien, parais fâché. L'enfant, devant la froideur de mon accueil, se déconcerte, se retourne vers Marceline, et, avec un mouvement de grâce animale et câline, se blottit contre elle, lui prend la main, l'embrasse avec un geste qui découvre ses bras nus. Je remarque qu'il est tout nu sous sa mince gandoura blanche et sous son burnous rapiécé.

— Allons ! assieds-toi là, dit Marceline qui voit ma gêne.

Amuse-toi tranquillement.

Le petit s'assied par terre, sort un couteau du capuchon de son burnous, un morceau de djerid, et commence à le travailler. C'est un sifflet, je crois, qu'il veut faire.

Au bout d'un peu de temps, je ne suis plus gêné par sa présence. Je le regarde ; il semble avoir oublié qu'il est là. Ses pieds sont nus ; ses chevilles sont charmantes, et les attaches de ses poignets. Il manie son mauvais couteau avec une amusante adresse. Vraiment, vais-je m'intéresser à cela ? Ses cheveux sont rasés à la manière arabe ; il porte une pauvre chéchia qui n'a qu'un trou à la place du gland. La gandoura, un peu tombée, découvre sa mignonne épaule. J'ai besoin de la toucher. Je me penche ; il se retourne et me sourit. Je fais signe qu'il doit me passer son sifflet, le prends et feins de l'admirer beaucoup. À présent il veut partir. Marceline lui donne un gâteau, moi deux sous.

Le lendemain, pour la première fois, je m'ennuie ; j'attends ; j'attends quoi ? je me sens désœuvré, inquiet. Enfin je n'y tiens plus :

— Bachir ne vient donc pas, ce matin, Marceline ?
— Si tu veux, je vais le chercher.

Elle me laisse, descend ; au bout d'un instant rentre seule. Qu'a fait de moi la maladie ? Je suis triste à pleurer de la voir revenir sans Bachir.

— Il était trop tard, me dit-elle ; les enfants ont quitté l'école et se sont dispersés partout. Il y en a de charmants, sais-tu. Je crois que maintenant tous me connaissent.

— Au moins, tâche qu'il soit là demain.

Le lendemain, Bachir revint. Il s'assit comme l'avant-veille, sortit son couteau, voulut tailler un bois trop dur, et fit si bien qu'il s'enfonça la lame dans le pouce. J'eus un frisson d'horreur ; il en rit montra la coupure brillante et s'amusa de voir couler son sang. Quand il riait, il découvrait des dents très blanches ; il lécha plaisamment sa blessure ; sa langue était rose comme celle d'un chat. Ah ! qu'il se portait bien ! C'était là ce dont je m'éprenais en lui : la santé. La santé de ce petit corps était belle.

Le jour suivant, il apporta des billes. Il voulut me faire jouer. Marceline n'était pas là ; elle m'eût retenu. J'hésitai, regardai Bachir ; le petit me saisit le bras, me mit les billes dans la main, me força. Je m'essoufflais beaucoup à me baisser, mais j'essayai de jouer quand même. Le plaisir de Bachir me charmait. Enfin je n'en pus plus. J'étais en nage. Je rejetai les billes et me laissai tomber dans *un* fauteuil. Bachir, un peu troublé, me regardait.

— Malade ? dit-il gentiment ; le timbre de sa voix était exquis. Marceline rentra.

— Emmène-le, lui dis-je ; je suis fatigué, ce matin.

Quelques heures après, j'eus un crachement de sang. C'était comme je marchais péniblement sur la terrasse ; Marceline était occupée dans sa chambre ; heureusement elle n'en put rien voir. J'avais fait, par essoufflement, une aspiration plus profonde, et tout à coup c'était venu. Cela m'avait empli la bouche… mais ce n'était plus du sang clair, comme lors des premiers crachements ; c'était un gros affreux caillot que je crachai par terre avec dégoût.

Je fis quelques pas, chancelant. J'étais horriblement ému. Je tremblais. J'avais peur ; j'étais en colère. Car jusqu'alors j'avais pensé que, pas à pas, la guérison allait venir et qu'il ne restait qu'à l'attendre. Cet accident brutal venait de me rejeter en arrière. Chose étrange, les premiers crachements ne m'avaient pas fait d'effet ; je me souvenais à présent qu'ils m'avaient laissé presque calme. D'où venait donc ma peur, mon horreur, à présent ? C'est que je commençais, hélas ! d'aimer la vie.

Je revins en arrière, me courbai, retrouvai mon crachat, pris une paille et, soulevant le caillot, le déposai sur mon mouchoir. Je regardai. C'était un vilain sang presque noir, quelque chose de gluant, d'épouvantable. Je songeai au beau sang rutilant de Bachir. Et soudain me prit un désir, une envie, quelque chose de plus furieux, de plus impérieux que tout ce que j'avais ressenti jusqu'alors : vivre ! je veux vivre. Je veux vivre. Je serrai les dents, les poings, me concentrai tout entier éperdument, désolément, dans cet effort vers l'existence.

J'avais reçu la veille une lettre de T*** ; en réponse à d'anxieuses questions de Marceline, elles était pleine de conseils médicaux ; T*** avait même joint à sa lettre quelques brochures de vulgarisation médicale et un livre plus spécial, qui pour cela me parut plus sérieux. J'avais lu négligemment la lettre et point du tout les imprimés ; d'abord parce que la ressemblance de ces brochures avec les petits traités moraux dont on avait gavé mon enfance, ne me disposait pas en leur faveur ; parce qu'aussi tous les conseils m'importunaient ; puis, je ne pensais pas que ces

« Conseils aux tuberculeux », « Cure pratique de la tuberculose », pussent s'appliquer à mon cas. Je ne me croyais pas tuberculeux. Volontiers j'attribuais ma première hémoptysie à une cause différente ; ou plutôt, à vrai dire, je ne l'attribuais à rien, évitais d'y penser, n'y pensais guère, et me jugeais, sinon guéri, du moins près de l'être... Je lus la lettre ; je dévorai le livre, les traités. Brusquement, avec une évidence effarante, il m'apparut que je ne m'étais pas soigné comme il fallait. Jusqu'alors je m'étais laissé vivre, me fiant au plus vague espoir ; brusquement ma vie m'apparut attaquée, attaquée atrocement à son centre. Un ennemi nombreux, actif, vivait en moi. Je l'écoutai : je l'épiai ; je le sentis. Je ne le vaincrais pas sans lutte... et j'ajoutais à demi-voix, comme pour mieux m'en convaincre moi-même : c'est une affaire de volonté.

Je me mis en état d'hostilité.

Le soir tombait : j'organisai ma stratégie. Pour un temps, seule ma guérison devait devenir mon étude ; mon devoir, c'était ma santé ; il fallait juger bon, nommer *Bien,* tout ce qui m'était salutaire, oublier, repousser tout ce qui ne guérissait pas. Avant le repas du soir, pour la respiration, l'exercice, la nourriture, j'avais pris des résolutions.

Nous prenions nos repas dans une sorte de petit kiosque que la terrasse enveloppait de toutes parts. Seuls, tranquilles, loin de tout, l'intimité de nos repas était charmante. D'un hôtel voisin, un vieux nègre nous apportait une passable nourriture. Marceline surveillait les menus, commandait un plat, en repoussait tel autre… N'ayant pas très grand-faim d'ordinaire, je ne souffrais pas trop des plats manqués, ni des menus insuffisants. Marceline, habituée elle-même à ne pas beaucoup se nourrir, ne savait pas, ne se rendait pas compte que je ne mangeais pas assez. Manger beaucoup était, de toutes mes résolutions, la première. Je prétendais la mettre à exécution dès ce soir. Je ne pus. Nous avions je ne sais quel potage immangeable, puis un rôti ridiculement trop cuit.

Mon irritation fut si vive que, la reportant sur Marceline, je me répandis devant elle en paroles immodérées. Je l'accusai ; il semblait, à m'entendre, qu'elle eût dû se sentir responsable de la mauvaise qualité de ces mets. Ce petit retard au régime que j'avais résolu d'adopter devenait de la plus grave importance ; j'oubliais les jours précédents ; ce repas manqué gâtait tout. Je m'entêtai. Marceline dut descendre en ville chercher une conserve, un pâté de n'importe quoi.

Elle revint bientôt avec une petite terrine que je dévorai presque entière, comme pour nous prouver à tous deux combien j'avais besoin de manger plus.

Ce même soir nous arrêtâmes ceci. Les repas seraient beaucoup meilleurs : plus nombreux aussi, un toutes les trois heures ; le premier dès 6 h 30. Une abondante provision de conserves de toutes sortes suppléerait les médiocres plats de l'hôtel…

Je ne pus dormir cette nuit, tant le pressentiment de mes nouvelles vertus me grisait. J'avais, je pense, un peu de fièvre ; une bouteille d'eau minérale était là ; j'en bus un verre, deux verres ; à la troisième fois, buvant à même, j'achevai toute la bouteille d'un coup. Je repassais ma volonté comme une leçon qu'on repasse ; j'apprenais mon hostilité, la dirigeais sur toutes choses ; je devais lutter contre tout : mon salut dépendait de moi seul.

Enfin, je vis la nuit pâlir ; le jour parut. Ç'avait été ma veillée d'armes.

Le lendemain, c'était dimanche. Je ne m'étais jusqu'alors pas inquiété, l'avouerai-je, des croyances de Marceline ; par indifférence ou pudeur, il me semblait que cela ne me regardait pas ; puis je n'y attachais pas d'importance… Ce jour-là, Marceline se rendit à la messe. J'appris au retour qu'elle avait prié pour moi. Je la regardai fixement, puis, avec le plus de douceur que je pus :

— Il ne faut pas prier pour moi, Marceline.

— Pourquoi ? dit-elle, un peu troublée.
— Je n'aime pas les protections.
— Tu repousses l'aide de Dieu ?
— Après, il aurait droit à ma reconnaissance. Cela crée des obligations ; je n'en veux pas.

Nous avions l'air de plaisanter, mais ne nous méprenions nullement sur l'importance de nos paroles.

— Tu ne guériras pas tout seul, pauvre ami, soupira-t-elle.
— Alors, tant pis... Puis, voyant sa tristesse, j'ajoutai moins brutalement : Tu m'aideras.

III

Je vais parler longuement de mon corps. Je vais en parler tant, qu'il vous semblera tout d'abord que j'oublie la part de l'esprit. Ma négligence, en ce récit, est volontaire : elle était réelle là-bas. Je n'avais pas de force assez pour entretenir double vie ; l'esprit et le reste, pensais-je, j'y songerai plus tard, quand j'irai mieux.

J'étais encore loin d'aller bien. Pour un rien j'étais en sueur et pour un rien je prenais froid ; j'avais, comme disait Rousseau, « la courte haleine » ; parfois un peu de fièvre ; souvent, dès le matin, un sentiment d'affreuse lassitude, et je restais, alors, prostré dans un fauteuil, indifférent à tout, égoïste, m'occupant très uniquement à tâcher de bien respirer. Je respirais péniblement, avec méthode, soigneusement ; mes expirations se faisaient avec deux saccades, que ma volonté surtendue ne pouvait complètement retenir ; longtemps après encore, je ne les évitais qu'à force d'attention.

Mais ce dont j'eus le plus à souffrir, ce fut de ma sensibilité maladive à tout changement de température. Je pense, quand j'y réfléchis aujourd'hui, qu'un trouble nerveux général s'ajoutait à la maladie ; je ne puis expliquer autrement une série de phénomènes, irréductibles, me semble-t-il, au simple état tuberculeux. J'avais toujours ou trop chaud ou trop froid ; me couvrais aussitôt avec une exagération ridicule, ne cessais de frissonner que pour suer, me découvrais un peu, et frissonnais sitôt que je ne transpirais plus. Des parties de mon corps se glaçaient, devenaient, malgré leur sueur, froides au toucher comme un marbre ; rien ne les pouvait plus réchauffer. J'étais sensible au froid à ce point qu'un peu d'eau tombée sur mon pied, lorsque je faisais ma toilette, m'enrhumait ; sensible au chaud de même. Je gardai cette sensibilité, la garde encore, mais, aujourd'hui, c'est pour voluptueusement en jouir. Toute sensibilité très vive peut, suivant que l'organisme est robuste ou débile, devenir, je le crois, cause de délice ou de gêne. Tout ce qui me troublait naguère m'est devenu délicieux.

Je ne sais comment j'avais fait jusqu'alors pour dormir avec les vitres closes ; sur les conseils de T*** j'essayai donc de les ouvrir la nuit ; un peu, d'abord ; bientôt je les poussai toutes grandes ; bientôt ce fut une habitude, un besoin tel que, dès que la fenêtre était refermée, j'étouffais. Avec quelles délices plus tard sentirai-je entrer vers moi le vent des nuits, le clair de lune !...

Il me tarde enfin d'en finir avec ces premiers bégaiements de santé. Grâce à des soins constants en effet, à l'air pur, à la meilleure nourriture, je ne tardai pas d'aller mieux. Jusqu'alors, craignant l'essoufflement de l'escalier, je n'avais pas osé quitter la terrasse ; dans les derniers jours de janvier, enfin, je descendis, m'aventurai dans le jardin.

Marceline m'accompagnait, portant un châle. Il était trois heures du soir. Le vent, souvent violent dans ce pays, et qui m'avait beaucoup gêné depuis trois jours, était tombé. La douceur d'air était charmante.

Jardin public. Une très large allée le coupait, ombragée par deux rangs de cette espèce de mimosas très hauts qu'on appelle des cassies. Des bancs, à l'ombre de ces arbres. Une rivière canalisée, je veux dire plus profonde que large, à peu près droite, longeant l'allée ; puis d'autres canaux plus petits, divisant l'eau de la rivière, la menant à travers le jardin, vers les plantes ; l'eau lourde est couleur de la terre, couleur d'argile rose ou grise. Presque pas d'étrangers, quelques Arabes ; ils circulent, et, dès qu'ils ont quitté le soleil, leur manteau blanc prend la couleur de l'ombre.

Un singulier frisson me saisit quand j'entrai dans cette ombre étrange ; je m'enveloppai de mon châle ; pourtant aucun malaise ; au contraire... Nous nous assîmes sur un banc. Marceline se taisait. Des Arabes passèrent ; puis survint une troupe d'enfants. Marceline en connaissait plusieurs et leur fit signe ; ils s'approchèrent. Elle me dit des noms ; il y eut des questions, des réponses, des sourires, des moues, de petits jeux. Tout cela m'agaçait quelque peu et de nouveau revint mon malaise ; je me sentis las et suant. Mais ce qui me gênait, l'avouerai-je, ce n'était pas les enfants, c'était elle. Oui, si peu que ce fût, je fus gêné par sa présence. Si je m'étais levé, elle m'aurait suivi ;

si j'avais enlevé mon châle, elle aurait voulu le porter ; si je l'avais remis ensuite, elle aurait dit : « Tu n'as pas froid ? » Et puis, parler aux enfants, je ne l'osais pas devant elle : je voyais qu'elle avait ses protégés ; malgré moi, mais par parti pris, moi je m'intéressais aux autres.

— Rentrons, lui dis-je ; et je résolus à part moi de retourner seul au jardin.

Le lendemain elle avait à sortir vers dix heures : j'en profitai. Le petit Bachir, qui manquait rarement de venir le matin, prit mon châle ; je me sentais alerte, le cœur léger. Nous étions presque seuls dans l'allée ; je marchais lentement, m'asseyais un instant, repartais. Bachir suivait, bavard ; fidèle et souple comme un chien. Je parvins à l'endroit du canal où viennent laver les laveuses ; au milieu du courant, une pierre plate est posée ; dessus, une fillette couchée et le visage penché vers l'eau, la main dans le courant, y jetait ou y rattrapait des brindilles. Ses pieds nus avaient plongé dans l'eau ; ils gardaient de ce bain la trace humide, et là sa peau paraissait plus foncée. Bachir s'approcha d'elle et lui parla ; elle se retourna, me sourit, répondit à Bachir en arabe.

— C'est ma sœur, me dit-il ; puis il m'expliqua que sa mère allait venir laver du linge, et que sa petite sœur l'attendait. Elle s'appelait Rhadra, ce qui voulait dire Verte, en arabe. Il disait tout cela d'une voix charmante, claire, enfantine, autant que l'émotion que j'en avais.

— Elle demande que tu lui donnes deux sous, ajouta-t-il.

Je lui en donnai dix et m'apprêtais à repartir, lorsqu'arriva la mère, la laveuse. C'était une femme admirable, pesante, au grand front tatoué de bleu, qui portait un panier de linge sur la tête, pareille aux canéphores antiques, et comme elles voilée simplement d'une large étoffe bleu sombre qui se relève à la ceinture et retombe d'un coup jusqu'aux pieds. Dès qu'elle vit Bachir, elle l'apostropha rudement. Il répondit avec violence ; la petite fille s'en mêla ; entre eux trois s'engagea une discussion des plus vives. Enfin Bachir, comme vaincu, me fit comprendre que sa mère avait besoin de lui ce matin ; il me tendit mon châle tristement et je dus repartir tout seul.

Je n'eus pas fait vingt pas que mon châle me parut d'un poids insupportable ; tout en sueur, je m'assis au premier banc que je trouvai. J'espérais qu'un enfant surviendrait qui me déchargerait de ce faix. Celui qui vint bientôt, ce fut un grand garçon de quatorze ans, noir comme un Soudanais, pas timide du tout, qui s'offrit de lui-même. Il se nommait Ashour. Il m'aurait paru beau s'il n'avait été borgne. Il aimait à causer, m'apprit d'où venait la rivière, et qu'après le jardin public elle fuyait dans l'oasis et la traversait en entier. Je l'écoutais, oubliant ma fatigue. Quelque exquis que me parût Bachir, je le connaissais trop à présent, et j'étais heureux de changer. Même, je me promis, un autre jour, de descendre tout seul au jardin et d'attendre, assis sur un banc, le hasard d'une rencontre heureuse.

Après m'être arrêté quelques instants encore, nous arrivâmes, Ashour et moi, devant ma porte. Je désirais l'inviter à monter, mais n'osai point, ne sachant ce qu'en aurait dit Marceline.

Je la trouvai dans la salle à manger, occupée près d'un enfant très jeune, si malingre et d'aspect si chétif, que j'eus pour lui d'abord plus de dégoût que de pitié. Un peu craintivement, Marceline me dit :

— Le pauvre petit est malade.

— Ce n'est pas contagieux, au moins ? Qu'est-ce qu'il a ?

— Je ne sais pas encore au juste. Il se plaint de partout un peu. Il parle assez mal le français ; quand Bachir sera là demain, il lui servira d'interprète. Je lui fais prendre un peu de thé.

Puis, comme pour s'excuser, et parce que je restais là, moi, sans rien dire :

— Voilà longtemps, ajouta-t-elle, que je le connais ; je n'avais pas encore osé le faire venir ; je craignais de te fatiguer, ou peut-être de te déplaire.

— Pourquoi donc ? m'écriai-je, amène ici tous les enfants que tu veux, si ça t'amuse ! Et je songeai, m'irritant un peu de ne l'avoir point fait, que j'aurais fort bien pu faire monter Ashour.

Je regardais ma femme cependant ; elle était maternelle et caressante. Sa tendresse était si touchante que le petit partit bientôt tout réchauffé. Je parlai de ma promenade et fis comprendre sans rudesse à Marceline pourquoi je préférais sortir seul.

Mes nuits à l'ordinaire étaient encore coupées de sursauts qui m'éveillaient glacé ou trempé de sueur. Cette nuit fut très bonne et presque sans réveils. Le lendemain matin, j'étais prêt à sortir dès neuf heures. Il faisait beau ; je me sentais bien reposé, point faible, joyeux, ou plutôt amusé. L'air était calme et tiède, mais je pris mon châle pourtant, comme prétexte à lier connaissance avec celui qui me le porterait. J'ai dit que le jardin touchait notre terrasse ; j'y fus donc aussitôt. J'entrai avec ravissement dans son ombre. L'air était lumineux. Les cassies, dont les fleurs viennent très tôt avant les feuilles, embaumaient ; à moins que ne vînt de partout cette sorte d'odeur légère inconnue qui me semblait entrer en moi par plusieurs sens et m'exaltait. Je respirais plus aisément d'ailleurs ; ma marche en était plus légère : pourtant au premier banc je m'assis, mais plus grisé, plus étourdi que las. Je regardai. L'ombre était mobile et légère ; elle ne tombait pas sur le sol, et semblait à peine y poser. Ô lumière ! – J'écoutai. Qu'entendis-je ? Rien ; tout ; je m'amusais de chaque bruit. – Je me souviens d'un arbuste, dont l'écorce, de loin, me parut de consistance si bizarre que je dus me lever pour aller la palper. Je la touchai comme on caresse ; j'y trouvais un ravissement. Je me souviens… Était-ce enfin ce matin-là que j'allais naître ?

J'avais oublié que j'étais seul, n'attendais rien, oubliais l'heure. Il me semblait avoir jusqu'à ce jour si peu senti pour tant penser, que je m'étonnais à la fin de ceci : ma sensation devenait aussi forte qu'une pensée.

Je dis : il me semblait ; car du fond du passé de ma première enfance se réveillaient enfin mille lueurs, de mille sensations égarées. La conscience que je prenais à nouveau de mes sens m'en permettait l'inquiète reconnaissance. Oui, mes sens, réveillés désormais, se retrouvaient toute une histoire, se recomposaient un passé. Ils vivaient ! n'avaient jamais cessé de vivre, se découvraient, même à travers mes ans d'étude, une vie latente et rusée.

Je ne fis aucune rencontre ce jour-là, et j'en fus aise ; je sortis de ma poche un petit Homère que je n'avais pas rouvert depuis mon départ de Marseille, relus trois phrases de l'Odyssée, les appris, puis, trouvant un aliment suffisant dans leur rythme et m'en délectant à loisir, fermai le livre et demeurai, tremblant, plus vivant que je n'aurais cru qu'on pût être, et l'esprit engourdi de bonheur.

IV

Marceline, cependant, qui voyait, avec joie ma santé enfin revenir, commençait depuis quelques jours à me parler des merveilleux vergers de l'oasis. Elle aimait le grand air et la marche. La liberté que lui valait ma maladie lui permettait de longues courses dont elle revenait éblouie ; jusqu'alors elle n'en parlait guère, n'osant m'inciter à l'y suivre et craignant de me voir m'attrister au récit de plaisirs dont je n'aurais pu jouir déjà. Mais, à présent que j'allais mieux, elle comptait sur leur attrait pour achever de me remettre. Le goût que je reprenais à marcher et à regarder m'y portait. Et dès le lendemain nous sortîmes ensemble.

Elle me précéda dans un chemin bizarre et tel que dans aucun pays je n'en vis jamais de pareil. Entre deux assez hauts murs de terre, il circule comme indolemment ; les formes des jardins que ces hauts murs limitent, l'inclinent à loisir ; il se courbe ou brise sa ligne ; dès l'entrée, un détour nous perd ; on ne sait plus ni d'où l'on vient, ni où l'on va. L'eau fidèle de la rivière suit le sentier, longe un des murs ; les murs sont faits avec la terre même de la route, celle de l'oasis entière, une argile rosâtre ou gris tendre, que l'eau rend un peu plus foncée, que le soleil ardent craquelle et qui durcit à la chaleur, mais qui mollit dès la première averse et forme alors un sol plastique où les pieds nus restent inscrits. Par-dessus les murs, des palmiers. À notre approche, des tourterelles y volèrent. Marceline me regardait.

J'oubliais ma fatigue et ma gêne. Je marchais dans une sorte d'extase, d'allégresse silencieuse, d'exaltation des sens et de la chair. À ce moment, des souffles légers s'élevèrent ; toutes les palmes s'agitèrent et nous vîmes les palmiers les plus hauts s'incliner ; puis l'air entier redevint calme, et j'entendis distinctement, derrière le mur, un chant de flûte. Une brèche au mur ; nous entrâmes.

C'était un lieu plein d'ombre et de lumière ; tranquille, et qui semblait comme à l'abri du temps ; plein de silences et de frémissements, bruit léger de l'eau qui s'écoule, abreuve les palmiers, et d'arbre en arbre fuit, appel discret des tourterelles, chant de flûte dont un enfant jouait. Il gardait un troupeau de chèvres ; il était assis, presque nu, sur le tronc d'un palmier abattu ; il ne se troubla pas à notre approche, ne s'enfuit pas, ne cessa qu'un instant de jouer.

Je m'aperçus, durant ce court silence, qu'une autre flûte au loin répondait. Nous avançâmes encore un peu, puis :

— Inutile d'aller plus loin, dit Marceline ; ces vergers se ressemblent tous ; à peine, au bout de l'oasis deviennent-ils un peu plus vastes… Elle étendit le châle à terre :

— Repose-toi.

Combien de temps nous y restâmes ? je ne sais plus ; qu'importait l'heure ? Marceline était près de moi ; je m'étendis, posai sur ses genoux ma tête. Le chant de flûte coulait encore, cessait par instants, reprenait ; le bruit de l'eau… Par instants une chèvre bêlait. Je fermai les yeux ; je sentis se poser sur mon front la main fraîche de Marceline ; je sentais le soleil ardent doucement tamisé par les palmes ; je ne pensais à rien ; qu'importait la pensée ? je sentais extraordinairement.

Et par instants, un bruit nouveau ; j'ouvrais les yeux ; c'était le vent léger dans les palmes ; il ne descendait pas jusqu'à nous, n'agitait que les palmes hautes…

Le lendemain matin, dans ce même jardin, je revins avec Marceline ; le soir du même jour, j'y allai seul. Le chevrier qui jouait de la flûte était là. Je m'approchai de lui, lui parlai. Il se nommait Lossif, n'avait que douze ans, était beau. Il me dit le nom de ses chèvres, me dit que les canaux s'appellent *séghias* ; toutes ne coulent pas tous les jours, m'apprit-il ; l'eau, sagement et parcimonieusement répartie, satisfait à la soif des plantes, puis leur est aussitôt retirée. Au pied de chacun des palmiers, un étroit bassin est creusé qui tient l'eau pour abreuver l'arbre ; un ingénieux système d'écluses que l'enfant, en les faisant jouer, m'expliqua, maîtrise l'eau, l'amène où la soif est trop grande.

Le jour suivant, je vis un frère de Lossif : il était un peu plus âgé, moins beau ; il se nommait Lachmi. À l'aide de la sorte d'échelle que fait le long du fût la cicatrice des anciennes palmes coupées, il grimpa tout au haut d'un palmier étêté ; puis descendit agilement, laissant, sous son manteau flottant, voir une nudité dorée. Il rapportait du haut de l'arbre, dont on avait fauché la cime, une petite gourde de terre ; elle était appendue là-haut, près de la récente blessure, pour recueillir la sève du palmier dont on fait un vin doux qui plaît fort aux Arabes. Sur l'invite de Lachmi, j'y goûtai ; mais ce goût fade, âpre et sirupeux me déplut.

Les jours suivants, j'allai plus loin ; je vis d'autres jardins, d'autres bergers et d'autres chèvres. Ainsi que Marceline l'avait dit, ces jardins étaient tous pareils ; et pourtant chacun différait.

Parfois Marceline m'accompagnait encore ; mais, plus souvent, dès l'entrée des vergers, je la quittais, lui persuadant que j'étais las, que je voulais m'asseoir, qu'elle ne devait pas m'attendre, car elle avait besoin de marcher plus ; de sorte qu'elle achevait sans moi la promenade. Je restais auprès des enfants. Bientôt j'en connus un grand nombre ; je causais avec eux longuement ; j'apprenais leurs jeux, leur en indiquais d'autres, perdais au *bouchon* tous mes sous. Certains m'accompagnaient au loin (chaque jour j'allongeais mes marches), m'indiquaient, pour rentrer, un passage nouveau, se chargeaient de mon manteau et de mon châle quand parfois j'emportais les deux ; avant de les quitter, je leur distribuais des piécettes ; parfois ils me suivaient, toujours jouant, jusqu'à ma porte ; parfois enfin ils la passèrent.

Puis Marceline en amena de son côté. Elle amenait ceux de l'école, qu'elle encourageait au travail ; à la sortie des classes, les sages et les doux montaient ; ceux que moi j'amenais étaient autres ; mais des jeux les réunissaient. Nous eûmes soin d'avoir toujours prêts des sirops et des friandises. Bientôt d'autres vinrent d'eux-mêmes, même plus invités par nous. Je me souviens de chacun d'eux ; je les revois…

Vers la fin de janvier, le temps se gâta brusquement ; un vent froid se mit à souffler et ma santé aussitôt s'en ressentit. Le grand espace découvert, qui sépare l'oasis de la ville, me redevint infranchissable, et je dus de nouveau me contenter du jardin public. Puis il plut ; une pluie glacée qui, tout à l'horizon, au Nord, couvrit de neige les montagnes.

Je passai ces tristes jours près du feu, morne, luttant rageusement contre la maladie qui, par ce mauvais temps, triomphait. Jours lugubres : je ne pouvais lire ni travailler ; le moindre effort amenait des transpirations incommodes ; fixer mon attention m'exténuait ; dès que je ne veillais pas à soigneusement respirer, j'étouffais.

Les enfants, durant ces tristes jours, furent pour moi la seule distraction possible. Par la pluie, seuls les très familiers entraient ; leurs vêtements étaient trempés ; ils s'asseyaient devant le feu, en cercle. J'étais trop fatigué, trop souffrant pour autre chose que les regarder ; mais la présence de leur santé me guérissait. Ceux que Marceline choyait étaient faibles, chétifs, et trop sages ; je m'irritai contre elle et contre eux et finalement les repoussai. À vrai dire, ils me faisaient peur.

Un matin, j'eus une curieuse révélation sur moi-même : Moktir, le seul des protégés de ma femme qui ne m'irritât point, était seul avec moi dans ma chambre. Je me tenais debout auprès du feu, les deux coudes sur la cheminée, devant un livre, et je paraissais absorbé, mais pouvais voir se refléter dans la glace les mouvements de l'enfant à qui je tournais le dos. Une curiosité que je ne m'expliquais pas bien me faisait surveiller ses gestes. Moktir ne se savait pas observé et me croyait plongé dans la lecture. Je le vis s'approcher sans bruit d'une table où Marceline avait posé, près d'un ouvrage, une paire de petits ciseaux, s'en emparer furtivement, et d'un coup les engouffrer dans son burnous. Mon cœur battit avec force un instant, mais les plus sages raisonnements ne purent faire aboutir en moi le moindre sentiment de révolte. Bien plus ! je ne parvins pas à me prouver que le sentiment qui m'emplit alors fût autre chose que de l'amusement, de la joie. Quand j'eus laissé à Moktir tout le temps de me bien voler, je me tournai de nouveau vers lui et lui parlai comme si rien ne s'était passé. Marceline aimait beaucoup cet enfant ; pourtant ce ne fut pas, je crois, la peur de la peiner qui me fit, quand je la revis, plutôt que dénoncer Moktir, imaginer je ne sais quelle fable pour expliquer la perte des ciseaux. À partir de ce jour, Moktir devint mon préféré.

V

Notre séjour à Biskra ne devait pas se prolonger longtemps encore. Les pluies de février passées, la chaleur éclata trop forte. Après plusieurs pénibles jours que nous avions vécus sous l'averse, un matin, brusquement, je me réveillai dans l'azur. Sitôt levé, je courus à la terrasse la plus haute. Le ciel, d'un horizon à l'autre, était pur. Sous le soleil, ardent déjà, des buées s'élevaient ; l'oasis fumait tout entière ; on entendait gronder au loin l'Oued débordé. L'air était si pur, si léger, qu'aussitôt je me sentis aller mieux. Marceline vint ; nous voulûmes sortir, mais la boue ce jour-là nous retint.

Quelques jours après nous rentrions au verger de Lossif ; les tiges semblaient lourdes, molles et gonflées d'eau. Cette terre africaine, dont je ne connaissais pas l'attente, submergée durant de longs jours, à présent s'éveillait de l'hiver, ivre d'eau, éclatant de sèves nouvelles ; elle riait d'un printemps forcené dont je sentais le retentissement et comme le double en moi-même. Ashour et Moktir nous accompagnèrent d'abord ; je savourais encore leur légère amitié qui ne coûtait qu'un demi-franc par jour ; mais bientôt, lassé d'eux, n'étant plus moi-même si faible que j'eusse encore besoin de l'exemple de leur santé et ne trouvant plus dans leurs jeux l'aliment qu'il fallait pour ma joie, je retournai vers Marceline l'exaltation de mon esprit et de mes sens. À la joie qu'elle en eut, je m'aperçus qu'elle était restée triste. Je m'excusai comme un enfant de l'avoir souvent délaissée, mis sur le compte de ma faiblesse mon humeur fuyante et bizarre, affirmai que jusqu'à présent j'avais été trop las pour aimer, mais que je sentirais désormais croître avec ma santé mon amour. Je disais vrai ; mais sans doute j'étais bien faible encore, car ce ne fut que plus d'un mois après que je désirai Marceline.

Chaque jour cependant augmentait la chaleur. Rien ne nous retenait à Biskra – que ce charme qui devait m'y rappeler ensuite. Notre résolution de partir fut subite. En trois heures nos paquets furent prêts. Le train partait le lendemain à l'aube.

Je me souviens de la dernière nuit. La lune était à peu près pleine ; par ma fenêtre grande ouverte, elle entrait en plein dans ma chambre. Marceline dormait, je pense. J'étais couché, mais ne pouvais dormir. Je me sentais brûler d'une sorte de fièvre heureuse, qui n'était autre que la vie. Je me levai, trempai dans l'eau mes mains et mon visage, puis, poussant la porte vitrée, je sortis.

Il était tard déjà ; pas un bruit ; pas un souffle ; l'air même paraissait endormi. À peine, au loin, entendait-on les chiens arabes, qui, comme des chacals, glapissent tout le long de la nuit. Devant moi, la petite cour ; la muraille, en face de moi, y portait un pan d'ombre oblique ; les palmiers réguliers, sans plus de couleur ni de vie, semblaient immobilisés pour toujours... Mais on retrouve dans le sommeil encore une palpitation de vie, – ici rien ne semblait dormir ; tout semblait mort. Je m'épouvantai de ce calme ; et brusquement m'envahit de nouveau, comme pour protester, s'affirmer, se désoler dans le silence, le sentiment tragique de ma vie, si violent, douloureux presque, et si impétueux que j'en aurais crié, si j'avais pu crier comme les bêtes. Je pris ma main, je me souviens, ma main gauche dans ma main droite ; je voulus la porter à ma tête et le fis. Pourquoi ? pour m'affirmer que je vivais et trouver cela admirable. Je touchai mon front, mes paupières. Un frisson me saisit. Un jour viendra, pensai-je, un jour viendra où, même pour porter à mes lèvres, même l'eau dont j'aurai le plus soif, je n'aurai plus assez de forces... Je rentrai, mais ne me recouchai pas encore ; je voulais fixer cette nuit, en imposer le souvenir à ma pensée, la retenir ; indécis de ce que je ferais, je pris un livre sur ma table, – la Bible, – le laissai s'ouvrir au hasard ; penché dans la clarté de la lune, je pouvais lire ; je lus ces mots du Christ à Pierre, ces mots, hélas ! que je ne devais plus oublier : Maintenant tu te ceins toi-même et tu vas où tu veux aller ; mais quand tu seras vieux, tu étendras les mains... tu étendras les mains...

Le lendemain, à l'aube, nous partîmes.

VI

Je ne parlerai pas de chaque étape du voyage. Certaines n'ont laissé qu'un souvenir confus ; ma santé, tantôt meilleure et tantôt pire, chancelait encore au vent froid, s'inquiétait de l'ombre d'un nuage, et mon état nerveux amenait des troubles fréquents ; mais mes poumons, du moins, se guérissaient. Chaque rechute était moins longue et sérieuse ; son attaque était aussi vive, mais mon corps devenait contre elle mieux armé.

Nous avions, de Tunis, gagné Malte, puis Syracuse ; je rentrais sur la classique terre dont le langage et le passé m'étaient connus. Depuis le début de mon mal, j'avais vécu sans examen, sans loi, m'appliquant simplement à vivre, comme fait l'animal ou l'enfant. Moins absorbé par le mal à présent, ma vie redevenait certaine et consciente. Après cette longue agonie, j'avais cru renaître le même et rattacher bientôt mon présent au passé ; en pleine nouveauté d'une terre inconnue, je pouvais ainsi m'abuser ; ici, plus ; tout m'y apprenait ce qui me surprenait encore : j'étais changé.

Quand, à Syracuse et plus loin, je voulus reprendre mes études, me replonger, comme jadis dans l'examen minutieux du passé, je découvris que quelque chose en avait, pour moi, sinon supprimé, du moins modifié le goût ; c'était le sentiment du présent. L'histoire du passé prenait maintenant à mes yeux cette immobilité, cette fixité terrifiante des ombres nocturnes dans la petite cour de Biskra, l'immobilité de la mort. Avant je me plaisais à cette fixité même qui permettait la précision de mon esprit ; tous les faits de l'histoire m'apparaissaient comme les pièces d'un musée, ou mieux les plantes d'un herbier, dont la sécheresse définitive m'aidât à oublier qu'un jour, riches de sève, elles avaient vécu sous le soleil. À présent, si je pouvais me plaire encore dans l'histoire, c'était en l'imaginant au présent. Les grands faits politiques devaient donc m'émouvoir beaucoup moins que l'émotion renaissante en moi des poètes, ou de certains hommes d'action. À Syracuse, je relus Théocrite, et songeai que ses bergers au beau nom étaient ceux mêmes que j'avais aimés à Biskra.

Mon érudition, qui s'éveillait à chaque pas, m'encombrait, empêchant ma joie. Je ne pouvais voir un théâtre grec, un temple, sans aussitôt le reconstruire abstraitement. À chaque fête antique, la ruine qui restait en son lieu me faisait me désoler qu'elle fût morte ; et j'avais horreur de la mort.

J'en vins à fuir les ruines, à préférer aux plus beaux monuments du passé ces jardins bas qu'on appelle les Latomies, où les citrons ont l'acide douceur des oranges, et les rives de la Cyané qui, dans les papyrus, coule encore aussi bleue que le jour où ce fut pour pleurer Proserpine.

J'en vins à mépriser en moi cette science qui d'abord faisait mon orgueil ; ces études, qui d'abord étaient toute ma vie, ne me paraissaient plus avoir qu'un rapport tout accidentel et conventionnel avec moi. Je me découvrais autre et j'existais, ô joie ! en dehors d'elles. En tant que spécialiste, je m'apparus stupide. En tant qu'homme, me connaissais-je ? je naissais seulement à peine et ne pouvais déjà savoir quel je naissais. Voilà ce qu'il fallait apprendre.

Pour celui que l'aile de la mort a touché, ce qui paraissait important ne l'est plus ; d'autres choses le sont, qui ne paraissaient pas importantes, ou qu'on ne savait même pas exister. L'amas sur notre esprit de toutes connaissances acquises s'écaille comme un fard et, par places, laisse voir à nu la chair même, l'être authentique qui se cachait.

Ce fut dès lors *celui* que je prétendis découvrir : l'être authentique, le « vieil homme », celui dont ne voulait plus l'Évangile ; celui que tout, autour de moi, livres, maîtres, parents, et que moi-même avions tâché d'abord de supprimer. Et il m'apparaissait déjà, grâce aux surcharges, plus fruste et difficile à découvrir, mais d'autant plus utile à découvrir et valeureux. Je méprisai dès lors cet être secondaire, appris, que l'instruction avait dessiné par-dessus. Il fallait secouer ces surcharges.

Et je me comparais aux palimpsestes ; je goûtais la joie du savant, qui, sous les écritures plus récentes, découvre sur un même papier un texte très ancien infiniment plus précieux. Quel était-il, ce texte occulte ? Pour le lire, ne fallait-il pas tout d'abord effacer les textes récents ?

Aussi bien n'étais-je plus l'être malingre et studieux à qui ma morale précédente, toute rigide et restrictive, convenait. Il y avait ici plus qu'une convalescence ; il y avait une augmentation, une recrudescence de vie, l'afflux d'un sang plus riche et plus chaud qui devait toucher mes pensées, les toucher une à une, pénétrer tout, émouvoir, colorer les plus lointaines, délicates et secrètes fibres de mon être. Car, robustesse ou faiblesse, on s'y fait ; l'être, selon les forces qu'il a, se compose ; mais, qu'elles augmentent, qu'elles permettent de pouvoir plus, et... Toutes ces pensées je ne les avais pas alors, et ma peinture ici me fausse. À vrai dire, je ne pensais point, ne m'examinais point ; une fatalité heureuse me guidait. Je craignais qu'un regard trop hâtif ne vînt à déranger le mystère de ma lente transformation. Il fallait laisser le temps, aux caractères effacés, de reparaître, ne pas chercher à les former. Laissant donc mon cerveau, non pas à l'abandon, mais en jachère, je me livrai voluptueusement à moi-même, aux choses, au tout, qui me parut divin. Nous avions quitté Syracuse et, je courais sur la route escarpée qui joint Taormine à La Môle, criant, pour l'appeler en moi : Un nouvel être ! Un nouvel être !

Mon seul effort, effort constant alors, était donc de systématiquement honnir ou supprimer tout ce que je croyais ne devoir qu'à mon instruction passée et à ma première morale. Par dédain résolu pour ma science, par mépris pour mes goûts de savant, je refusai de voir Agrigente, et quelques jours plus tard, sur la route qui mène à Naples, je ne m'arrêtai point près du beau temple de Pœstum où respire encore la Grèce, et où j'allai, deux ans après, prier je ne sais plus quel dieu.

Que parlé-je d'unique effort ? Pouvais-je m'intéresser à moi, sinon comme à un être perfectible ? Cette perfection inconnue et que j'imaginais confusément, jamais ma volonté n'avait été plus exaltée que pour y tendre ; j'employais cette volonté tout entière à fortifier mon corps, à le bronzer. Près de Salerne, quittant la côte, nous avions gagné Ravello. Là, l'air plus vif, l'attrait des rocs pleins de retraits et de surprises, la profondeur inconnue des vallons, aidant à ma force, à ma joie, favorisèrent mon élan.

Plus rapproché du ciel qu'écarté du rivage, Ravello, sur une abrupte hauteur, fait face à la lointaine et plate rive de Pœstum. C'était, sous la domination normande, une cité presque importante ; ce n'est plus qu'un étroit village où nous étions, je crois, seuls étrangers. Une ancienne maison religieuse, à présent transformée en hôtel, nous hébergea ; sise à l'extrémité du roc, ses terrasses et son jardin semblaient surplomber dans l'azur. Après le mur chargé de pampres, on ne voyait d'abord rien que la mer ; il fallait s'approcher du mur pour pouvoir suivre le dévalement cultivé qui, par des escaliers plus que par des sentiers, joignait Ravello au rivage. Au-dessus de Ravello, la montagne continuait. Des oliviers, des caroubiers énormes ; à leur ombre des cyclamens ; plus haut, des châtaigniers en grand nombre, un air frais, des plantes du nord ; plus bas, des citronniers près de la mer. Ils sont rangés par petites cultures, jardins en escalier, presque pareils, que motive la pente du sol ; une étroite allée, au milieu, d'un bout à l'autre les traverse ; on y entre sans bruit, en voleur. On rêve, sous cette ombre verte ; le feuillage est épais, pesant ; pas un rayon franc ne pénètre ; comme des gouttes de cire épaisse, les citrons pendent, parfumés ; dans l'ombre ils sont blancs et verdâtres ; ils sont à portée de la main, de la soif ; ils sont doux, âcres ; ils rafraîchissent.

L'ombre était si dense, sous eux, que je n'osais m'y arrêter après la marche qui me faisait encore transpirer. Pourtant les escaliers ne m'exténuaient plus ; je m'exerçais à les gravir la bouche close ; j'espaçais toujours plus mes haltes, me disais : j'irai jusque-là sans faiblir ; puis, arrivé au but, trouvant dans mon orgueil content ma récompense, je respirais longuement, puissamment, et de façon qu'il me semblât sentir l'air pénétrer plus efficacement ma poitrine. Je reportais à tous ces soins du corps mon assiduité de naguère. Je progressais.

Je m'étonnais parfois que ma santé revînt si vite. J'en arrivais à croire que je m'étais d'abord exagéré la gravité de mon état ; à douter que j'eusse été très malade, à rire de mon sang craché, à regretter que ma guérison ne fût pas demeurée plus ardue.

Je m'étais soigné d'abord fort sottement, ignorant les besoins de mon corps. J'en fis la patiente étude et devins, quant à la prudence et aux soins, d'une ingéniosité si constante que je m'y amusais comme à un jeu. Ce dont encore je souffrais le plus, c'était ma sensibilité maladive au moindre changement de la température. J'attribuais, à présent que mes poumons étaient guéris, cette hyperesthésie à ma débilité nerveuse, reliquat de la maladie. Je résolus de vaincre cela. La vue des belles peaux hâlées et comme pénétrées de soleil, que montraient, en travaillant aux champs, la veste ouverte, quelques paysans débraillés, m'incitait à me laisser hâler de même. Un matin, m'étant mis à nu, je me regardai ; la vue de mes trop maigres bras, de mes épaules, que les plus grands efforts ne pouvaient rejeter suffisamment en arrière, mais surtout la blancheur, ou plutôt la décoloration de ma peau, m'emplit et de honte et de larmes. Je me rhabillai vite, et, au lieu de descendre vers Amalfi, comme j'avais accoutumé de faire, me dirigeai vers des rochers couverts d'herbe rase et de mousse, loin des habitations, loin des routes, où je savais ne pouvoir être vu. Arrivé là, je me dévêtis lentement. L'air était presque vif, mais le soleil ardent. J'offris tout mon corps à sa flamme. Je m'assis, me couchai, me tournai. Je sentais sous moi le sol dur ; l'agitation des herbes folles me frôlait. Bien qu'à l'abri du vent, je frémissais et palpitais à chaque souffle. Bientôt m'enveloppa une cuisson délicieuse ; tout mon être affluait vers ma peau.

Nous demeurâmes à Ravello quinze jours ; chaque matin je retournais vers ces rochers, faisais ma cure. Bientôt l'excès de vêtement dont je me recouvrais encore devint gênant et superflu ; mon épiderme tonifié cessa de transpirer sans cesse et sut se protéger par sa propre chaleur.

Le matin d'un des derniers jours (nous étions au milieu d'avril), j'osai plus. Dans une anfractuosité des rochers dont je parle, une source claire coulait. Elle retombait ici même en cascade, assez peu abondante, il est vrai, mais elle avait creusé sous la cascade un bassin plus profond où l'eau très pure s'attardait. Par trois fois j'y étais venu, m'étais penché, m'étais étendu sur la berge, plein de soif et plein de désirs ; j'avais contemplé longuement le fond de roc poli, où l'on ne découvrait pas une salissure, pas une herbe, où le soleil, en vibrant et en se diaprant, pénétrait. Ce quatrième jour, j'avançai, résolu d'avance, jusqu'à l'eau plus claire que jamais, et, sans plus réfléchir, m'y plongeai d'un coup tout entier. Vite transi, je quittai l'eau, m'étendis sur l'herbe, au soleil. Là des menthes croissaient, odorantes ; j'en cueillis, j'en froissai les feuilles, j'en frottai tout mon corps humide, mais brûlant. Je me regardai longuement, sans plus de honte aucune, avec joie. Je me trouvais, non pas robuste encore, mais pouvant l'être, harmonieux, sensuel, presque beau.

VII

Ainsi me contentais-je pour toute action, tout travail, d'exercices physiques qui, certes, impliquaient ma morale changée, mais qui ne m'apparaissaient déjà plus que comme un entraînement, un moyen, et ne me satisfaisaient plus pour eux-mêmes.

Un autre acte pourtant, à vos yeux ridicule peut-être, mais que je redirai, car il précise en sa puérilité le besoin qui me tourmentait de manifester au-dehors l'intime changement de mon être : à Amalfi, je m'étais fait raser.

Jusqu'à ce jour j'avais porté toute ma barbe, avec les cheveux presque ras. Il ne me venait pas à l'idée qu'aussi bien j'aurais pu porter une coiffure différente. Et, brusquement, le jour où je me mis pour la première fois nu sur la roche, cette barbe me gêna ; c'était comme un dernier vêtement que je n'aurais pu dépouiller ; je la sentais comme postiche ; elle était soigneusement taillée, non pas en pointe, mais en une forme carrée, qui me parut aussitôt très déplaisante et ridicule. Rentré dans la chambre d'hôtel, je me regardai dans la glace et me déplus ; j'avais l'air de ce que j'avais été jusqu'alors : un chartiste. Sitôt après le déjeuner, je descendis à Amalfi, ma résolution prise. La ville est très petite : je dus me contenter d'une vulgaire échoppe sur la place. C'était jour de marché ; la boutique était pleine ; je dus attendre interminablement ; mais rien, ni les rasoirs douteux, le blaireau jaune, l'odeur, les propos du barbier, ne put me faire reculer. Sentant sous les ciseaux tomber ma barbe, c'était comme si j'enlevais un masque. N'importe ! quand, après, je m'apparus, l'émotion qui m'emplit et que je réprimai de mon mieux, ne fut pas la joie, mais la peur. Je ne discute pas ce sentiment ; je le constate. Je trouvais mes traits assez beaux. Non, la peur venait de ce qu'il me semblait qu'on voyait à nu ma pensée et de ce que, soudain, elle me paraissait redoutable.

Par contre, je laissais pousser mes cheveux.

Voilà tout ce que mon être neuf, encore désœuvré, trouvait à faire. Je pensais qu'il naîtrait de lui des actes étonnants pour moi-même ; mais plus tard ; plus tard, me disais-je, quand l'être serait plus formé. Forcé de vivre en attendant, je conservais, comme Descartes, une façon provisoire d'agir. Marceline ainsi put s'y tromper. Le changement de mon regard, il est vrai, et, surtout le jour où j'apparus sans barbe, l'expression nouvelle de mes traits, l'auraient inquiétée peut-être, mais elle m'aimait trop déjà pour me bien voir ; puis je la rassurais de mon mieux. Il importait qu'elle ne troublât pas ma renaissance ; pour la soustraire à ses regards, je devais donc dissimuler.

Aussi bien, celui que Marceline aimait, celui qu'elle avait épousé, ce n'était pas mon « nouvel être ». Et je me redisais cela, pour m'exciter à le cacher. Ainsi ne lui livrais-je de moi qu'une image qui, pour être constante et fidèle au passé, devenait de jour en jour plus fausse.

Mes rapports avec Marceline demeurèrent donc, en attendant, les mêmes – quoique plus exaltés de jour en jour, par un toujours plus grand amour. Ma dissimulation même (si l'on peut appeler ainsi le besoin de préserver de son jugement ma pensée), ma dissimulation l'augmentait. Je veux dire que ce jeu m'occupait de Marceline sans cesse. Peut-être cette contrainte au mensonge me coûta-t-elle un peu d'abord : mais j'arrivais vite à comprendre que les choses réputées les pires (le mensonge, pour ne citer que celle-là) ne sont difficiles à faire que tant qu'on ne les a jamais faites ; mais qu'elles deviennent chacune, et très vite, aisées, plaisantes, douces à refaire, et bientôt comme naturelles. Ainsi donc, comme à chaque chose pour laquelle un premier dégoût est vaincu, je finis par trouver plaisir à cette dissimulation même, à m'y attarder, comme au jeu de mes facultés inconnues. Et j'avançais chaque jour, dans une vie plus riche et plus pleine, vers un plus savoureux bonheur.

VIII

La route de Ravello à Sorrente est si belle que je souhaitais ce matin rien voir de plus beau sur la terre. L'âpreté chaude de la roche, l'abondance de l'air, les senteurs, la limpidité, tout m'emplissait du charme adorable de vivre et me suffisait, à ce point que rien d'autre qu'une joie légère ne semblait habiter en moi ; souvenirs ou regrets, espérance ou désir, avenir et passé se taisaient ; je ne connaissais plus de la vie que ce qu'en apportait, en emportait l'instant. – Ô joie physique ! m'écriais-je ; rythme sûr de mes muscles ! santé !

J'étais parti de grand matin, précédant Marceline dont la trop calme joie eût tempéré la mienne, comme son pas eût ralenti le mien. Elle me rejoindrait en voiture, à Positano, où nous devions déjeuner.

J'approchais de Positano lorsqu'un bruit de roues, formant basse à un chant bizarre, me fit tout à coup retourner. Et d'abord je ne pus rien voir, à cause d'un tournant de la route qui borde en cet endroit la falaise ; puis brusquement une voiture surgit, à l'allure désordonnée ; c'était celle de Marceline. Le cocher chantait à tue-tête, faisait de grands gestes, se dressait debout sur son siège, fouettait férocement le cheval affolé. Quelle brute ! Il passa devant moi qui n'eus que le temps de me ranger, n'arrêta pas à mon appel... Je m'élançai : mais la voiture allait trop vite. Je tremblais à la fois d'en voir sauter brusquement Marceline, et de l'y voir rester ; un sursaut du cheval pouvait la précipiter dans la mer. Soudain le cheval s'abat. Marceline descend, veut fuir ; mais déjà je suis auprès d'elle. Le cocher, sitôt qu'il me voit, m'accueille avec d'horribles jurons. J'étais furieux contre cet homme ; à sa première insulte, je m'élançai et brutalement le jetai bas de son siège. Je roulai par terre avec lui, mais ne perdis pas l'avantage ; il semblait étourdi par sa chute, et bientôt le fut plus encore par un coup de poing que je lui allongeai en plein visage quand je vis qu'il voulait me mordre. Pourtant je ne le lâchai point, pesant du genou sur sa poitrine et tâchant de maîtriser ses bras. Je regardais sa figure hideuse que mon poing venait d'enlaidir davantage ; il crachait, bavait, saignait, jurait, ah ! l'horrible être ! Vrai ! l'étrangler paraissait légitime ; et peut-être l'eussé-je fait... du moins je m'en sentis capable ; et je crois bien que seule l'idée de la police m'arrêta.

Je parvins, non sans peine, à ligoter solidement l'enragé.

Comme un sac, je le jetai dans la voiture.

Ah ! quels regards après, Marceline et moi nous échangeâmes. Le danger n'avait pas été grand ; mais j'avais dû montrer ma force, et cela pour la protéger. Il m'avait aussitôt semblé que je pourrais donner ma vie pour elle et la donner toute avec joie... Le cheval s'était relevé. Laissant le fond de la voiture à l'ivrogne, nous montâmes sur le siège tous deux, et, conduisant tant bien que mal, pûmes gagner Positano, puis Sorrente.

Ce fut cette nuit-là que je possédai Marceline.

Avez-vous bien compris ou dois-je vous redire que j'étais comme neuf aux choses de l'amour ? Peut-être est-ce à sa nouveauté que notre nuit de noces dut sa grâce. Car il me semble, à m'en souvenir aujourd'hui, que cette première nuit fut la seule, tant l'attente et la surprise de l'amour ajoutaient à la volupté de délices, — tant une seule nuit suffit au plus grand amour pour se dire, et tant mon souvenir s'obstine à me la rappeler uniquement. Ce fut un rire d'un moment, où nos âmes se confondirent. Mais je crois qu'il est un point de l'amour, unique, et que l'âme plus tard, ah! cherche en vain à dépasser; que l'effort qu'elle fait pour ressusciter son bonheur, l'use; que rien n'empêche le bonheur comme le souvenir du bonheur. Hélas! je me souviens de cette nuit.

Notre hôtel était hors la ville, entouré de jardins, de vergers; un très large balcon prolongeait notre chambre; des branches le frôlaient. L'aube entra librement par notre croisée grande ouverte. Je me soulevai doucement, et tendrement je me penchai sur Marceline. Elle dormait; elle semblait sourire en dormant. Il me sembla, d'être plus fort, que je la sentais plus délicate, et que sa grâce était une fragilité. De tumultueuses pensées vinrent tourbillonner en ma tête. Je songeai qu'elle ne mentait pas, disant que j'étais tout pour elle; puis aussitôt:

« Qu'est-ce que je fais donc pour sa joie? Presque tout le jour et chaque jour je l'abandonne; elle attend tout de moi, et moi je la délaisse! ah! pauvre, pauvre Marceline! » Des larmes emplirent mes yeux. En vain cherchai-je en ma débilité passée comme une excuse; qu'avais-je affaire maintenant de soins constants et d'égoïsme? n'étais-je pas plus fort qu'elle à présent?

Le sourire avait quitté ses joues; l'aurore, malgré qu'elle dorât chaque chose, me la fit voir soudain triste et pâle; — et peut-être l'approche du matin me disposait-elle à l'angoisse:

« Devrai-je un jour, à mon tour, te soigner? m'inquiéter pour toi, Marceline? » m'écriai-je au-dedans de moi. Je frissonnai; et, tout transi d'amour, de pitié, de tendresse, je posai doucement entre ses yeux fermés le plus tendre, le plus amoureux et le plus pieux des baisers.

IX

Les quelques jours que nous vécûmes à Sorrente furent des jours souriants et très calmes. Avais-je jamais goûté tel repos, tel bonheur? En goûterais-je pareils désormais?... J'étais près de Marceline sans cesse ; m'occupant moins de moi, je m'occupais plus d'elle et trouvais à causer avec elle la joie que je prenais les jours précédents à me taire.

Je pus être étonné d'abord de sentir que notre vie errante, où je prétendais me satisfaire pleinement, ne lui plaisait que comme un état provisoire ; mais tout aussitôt le désœuvrement de cette vie m'apparut ; j'acceptai qu'elle n'eût qu'un temps et pour la première fois, un désir de travail renaissant de l'inoccupation même où me laissait enfin ma santé rétablie, je parlai sérieusement de retour ; à la joie qu'en montra Marceline, je compris qu'elle y songeait depuis longtemps.

Cependant les quelques travaux d'histoire auxquels je recommençais de songer n'avaient plus pour moi même goût. Je vous l'ai dit : depuis ma maladie, la connaissance abstraite et neutre du passé me semblait vaine, et si naguère j'avais pu m'occuper à des recherches philologiques, m'attachant par exemple à préciser la part de l'influence gothique dans la déformation de la langue latine, et négligeant, méconnaissant les figures de Théodoric, de Cassiodore, d'Amalasonthe et leurs passions admirables pour ne m'exalter plus que sur des signes, et sur le résidu de leur vie, à présent ces mêmes signes, et la philologie tout entière, ne m'étaient plus que comme un moyen de pénétrer mieux dans ce dont la sauvage grandeur et la noblesse m'apparurent. Je résolus de m'occuper de cette époque davantage, de me limiter pour un temps aux dernières années de l'empire des Goths, et de mettre à profit notre prochain passage à Ravenne, théâtre de son agonie.

Mais, l'avouerai-je, la figure du jeune roi Athalaric était ce qui m'y attirait le plus. J'imaginais cet enfant de quinze ans, sourdement excité par les Goths, se révolter contre sa mère Amalasonthe, regimber contre son éducation latine, rejeter la culture comme un cheval entier fait un harnais gênant, et, préférant la société des Goths impolicés à celle du trop sage et vieux Cassiodore, goûter, quelques années, avec de rudes favoris de son âge, une vie violente, voluptueuse et débridée, pour mourir à dix-huit ans, tout gâté, soûlé de débauches. Je retrouvais dans ce tragique élan vers un état plus sauvage et intact quelque chose de ce que Marceline appelait en souriant « ma crise ». Je cherchais un contentement à y appliquer au moins mon esprit, puisque je n'y occupais plus mon corps ; et, dans la mort affreuse d'Athalaric, je me persuadais de mon mieux qu'il fallait lire une leçon.

Avant Ravenne, où nous nous attarderions donc quinze jours, nous verrions rapidement Rome et Florence, puis, laissant Venise et Vérone, brusquerions la fin du voyage pour ne nous arrêter qu'à Paris. Je trouvais un plaisir tout neuf à parler d'avenir avec Marceline ;

une certaine indécision restait encore au sujet de l'emploi de l'été ; las de voyages l'un et l'autre, nous voulions ne pas repartir ; je souhaitais pour mes études la plus grande tranquillité ; et nous pensâmes à une propriété de rapport entre Lisieux et Pont-l'Évêque, en la plus verte Normandie — propriété que possédait jadis ma mère, où j'avais avec elle passé quelques étés de mon enfance, mais où depuis sa mort je n'étais pas retourné. Mon père en avait confié l'entretien et la surveillance à un garde, âgé maintenant, qui touchait pour lui, puis nous envoyait régulièrement les fermages. Une grande et très agréable maison, dans un jardin coupé d'eaux vives, m'avait laissé des souvenirs enchantés ; on l'appelait la Morinière ; il me semblait qu'il ferait bon y demeurer.

L'hiver prochain, je parlais de le passer à Rome ; en travailleur, non plus en voyageur cette fois. Mais ce dernier projet fut vite inversé : dans l'important courrier qui, depuis longtemps, nous attendait à Naples, une lettre m'apprenait brusquement que, se trouvant vacante une chaire au Collège de France, mon nom avait été plusieurs fois prononcé ; ce n'était qu'une suppléance, mais qui précisément, pour l'avenir, me laisserait une plus grande liberté ; l'ami qui m'instruisait de ceci m'indiquait, si je voulais bien accepter, quelques faciles démarches à faire, et me pressait fort d'accepter. J'hésitai, voyant surtout d'abord un esclavage ; puis songeai qu'il pourrait être intéressant d'exposer, en un cours, mes travaux sur Cassiodore. Le plaisir que j'allais faire à Marceline, en fin de compte, me décida. Et, sitôt ma décision prise, je n'en vis plus que l'avantage.

Dans le monde savant de Rome et de Florence, mon père entretenait diverses relations avec qui j'étais moi-même entré en correspondance. Elles me donnèrent tous moyens de faire les recherches que je voudrais, à Ravenne et ailleurs ; je ne songeais plus qu'au travail. Marceline s'ingéniait à le favoriser par mille soins charmants et mille prévenances.

Notre bonheur, durant cette fin de voyage, fut si égal, si calme, que je n'en peux rien raconter. Les plus belles œuvres des hommes sont obstinément douloureuses. Que serait le récit du bonheur ? Rien, que ce qui le prépare, puis ce qui le détruit, ne se raconte. – Et je vous ai dit maintenant tout ce qui l'avait préparé.

DEUXIÈME PARTIE

I

Nous arrivâmes à la Morinière dans les premiers jours de juillet, ne nous étant arrêtés à Paris que le temps strictement nécessaire pour nos approvisionnements et pour quelques rares visites.

La Morinière, je vous l'ai dit, est située entre Lisieux et Pont-l'Évêque, dans le pays le plus ombreux, le plus mouillé que je connaisse. De multiples vallonnements, étroits et mollement courbés, aboutissent non loin de la très large vallée d'Auge, qui s'aplanit d'un coup jusqu'à la mer. Nul horizon ; des bois taillis pleins de mystère ; quelques champs, mais des prés surtout, des pacages aux molles pentes, dont l'herbe épaisse est deux fois l'an fauchée, où des pommiers nombreux, quand le soleil est bas, joignent leur ombre, où paissent de libres troupeaux ; dans chaque creux, de l'eau, étang, mare ou rivière ; on entend des ruissellements continus.

Ah ! comme je reconnus bien la maison ! ses toits bleus, ses murs de briques et de pierre, ses douves, les reflets dans les dormantes eaux… C'était une vieille maison où l'on aurait logé plus de douze ; Marceline, trois domestiques, moi-même parfois y aidant, nous avions fort à faire d'en animer une partie. Notre vieux garde, qui se nommait Bocage, avait déjà fait apprêter de son mieux quelques pièces : de leur sommeil de vingt années les vieux meubles se réveillèrent ; tout était resté tel que mon souvenir le voyait, les lambris point trop délabrés, les chambres aisément habitables. Pour mieux nous accueillir, Bocage avait rempli de fleurs tous les vases qu'il avait trouvés. Il avait fait sarcler, ratisser la grand'cour et les plus proches allées du parc. La maison, quand nous arrivâmes, recevait le dernier rayon du soleil, et de la vallée devant elle une immobile brume était montée qui voilait et qui révélait la rivière. Dès avant d'arriver, je reconnus soudain l'odeur de l'herbe ; et quand j'entendis de nouveau tourner autour de la maison les cris aigus des hirondelles, tout le passé soudain se souleva, comme s'il m'attendait et, me reconnaissant, voulait se refermer sur mon approche.

Au bout de quelques jours, la maison devint à peu près confortable ; j'aurais pu me mettre au travail ; je tardais, écoutant encore se rappeler en moi minutieusement mon passé, puis bientôt occupé par une émotion trop nouvelle : Marceline, une semaine après notre arrivée, me confia qu'elle était enceinte.

Il me sembla dès lors que je lui dusse des soins nouveaux, qu'elle eût droit à plus de tendresse ; tout au moins dans les premiers temps qui suivirent sa confidence, je passai donc près d'elle presque tous les moments du jour. Nous allions nous asseoir près du bois, sur le banc où jadis j'allais m'asseoir avec ma mère ; là, plus voluptueusement se présentait à nous chaque instant, plus insensiblement coulait l'heure. De cette époque de ma vie si nul souvenir distinct ne se détache, ce n'est point que j'en garde une moins vive reconnaissance – mais bien parce que tout s'y mêlait, s'y fondait en un uniforme bien-être, où le soir s'unissait au matin, où les jours se liaient aux jours.

Je repris lentement mon travail, l'esprit calme, dispos, sûr de sa force, regardant l'avenir avec confiance et sans fièvre, la volonté comme adoucie, et comme écoutant le conseil de cette terre tempérée.

Nul doute, pensais-je, que l'exemple de cette terre, où tout s'apprête au fruit, à l'utile moisson, ne doive avoir sur moi la meilleure influence. J'admirais quel tranquille avenir promettaient ces robustes bœufs, ces vaches pleines dans ces opulentes prairies. Les pommiers en ordre plantés aux favorables penchants des collines annonçaient cet été des récoltes superbes ; je rêvais sous quelle riche charge de fruits allaient bientôt ployer leurs branches. De cette abondance ordonnée, de cet asservissement joyeux, de ces souriantes cultures, une harmonie s'établissait, non plus fortuite, mais dictée, un rythme, une beauté tout à la fois humaine et naturelle, où l'on ne savait plus ce que l'on admirait, tant étaient confondus en une très parfaite entente l'éclatement fécond de la libre nature, l'effort savant de l'homme pour la régler. Que serait cet effort, pensais-je, sans la puissante sauvagerie qu'il domine ? Que serait le sauvage élan de cette sève débordante sans l'intelligent effort qui l'endigue et l'amène en riant au luxe ? – Et je me laissais rêver à telles terres où toutes forces fussent si bien réglées, toutes dépenses si compensées, tous échanges si stricts, que le moindre déchet devînt sensible ; puis, appliquant mon rêve à la vie, je me construisais une éthique qui devenait une science de la parfaite utilisation de soi par une intelligente contrainte.

Où s'enfonçaient, où se cachaient alors mes turbulences de la veille ? Il semblait, tant j'étais calme, qu'elles n'eussent jamais existé. Le flot de mon amour les avait recouvertes toutes.

Cependant le vieux Bocage autour de nous faisait du zèle ; il dirigeait, surveillait, conseillait ; on sentait à l'excès son besoin de se paraître indispensable. Pour ne pas le désobliger, il fallut examiner ses comptes, écouter tout au long ses explications infinies. Cela même ne lui suffit point ; je dus l'accompagner sur les terres. Sa sentencieuse prud'homie, ses continuels discours, l'évidente satisfaction de lui-même, la montre qu'il faisait de son honnêteté, au bout de peu de temps m'exaspérèrent ; il devenait de plus en plus pressant, et tous moyens m'eussent parus bons, pour reconquérir mes aises – lorsqu'un événement inattendu vint donner à mes relations avec lui un caractère différent : Bocage, un certain soir, m'annonça qu'il attendait pour le lendemain son fils Charles.

Je dis : ah ! presque indifférent, ne m'étant, jusqu'alors, pas beaucoup soucié des enfants que pouvait bien avoir Bocage ; puis, voyant que mon indifférence l'affectait, qu'il attendait de moi quelque marque d'intérêt et de surprise :

— Où donc était-il à présent ? demandai-je.

— Dans une ferme modèle, près d'Alençon, répondit Bocage.

— Il doit bien avoir à présent près de... continuai-je, supputant l'âge de ce fils dont j'avais ignoré jusqu'alors l'existence, et parlant assez lentement pour lui laisser le temps de m'interrompre.

— Dix-sept ans passés, reprit Bocage. Il n'avait pas beaucoup plus de quatre ans quand Madame votre mère est morte. Ah ! c'est un grand gars maintenant ; bientôt il en saura plus que son père. Et Bocage une fois lancé, rien ne pouvait plus l'arrêter, si apparente que pût être ma lassitude.

Le lendemain, je ne pensais plus à cela, quand Charles, vers la fin du jour, frais arrivé, vint présenter à Marceline et à moi ses respects. C'était un beau gaillard, si riche de santé, si souple, si bien fait, que les affreux habits de ville qu'il avait mis en notre honneur ne parvenaient pas à le rendre trop ridicule ; à peine sa timidité ajoutait-elle encore à sa belle rougeur naturelle. Il semblait n'avoir que quinze ans, tant la couleur de son regard était demeurée enfantine ; il s'exprimait bien clairement, sans fausse honte, et, contrairement à son père, ne parlait pas pour ne rien dire. Je ne sais plus quels propos nous échangeâmes ce premier soir ; occupé de le regarder, je ne trouvais rien à lui dire et laissais Marceline lui parler. Mais le jour suivant, pour la première fois je n'attendis pas que le vieux Bocage vînt me prendre pour monter sur la ferme, où je savais qu'étaient commencés les travaux.

Il s'agissait de réparer une mare. Cette mare, grande comme un étang, fuyait ; on connaissait le lieu de cette fuite et l'on devait le cimenter. Il fallait pour cela commencer par vider la mare, ce que l'on n'avait pas fait depuis quinze ans. Carpes et tanches y abondaient, quelques-unes très grosses, qui ne quittaient plus les bas-fonds. J'étais désireux d'en acclimater dans les eaux des douves et d'en donner aux ouvriers, de sorte que la partie de plaisir d'une pêche s'ajoutait cette fois au travail, ainsi que l'annonçait l'extraordinaire animation de la ferme ; quelques enfants des environs étaient venus, s'étaient mêlés aux travailleurs. Marceline elle-même devait un peu plus tard nous rejoindre.

L'eau baissait depuis longtemps déjà quand j'arrivai. Parfois un grand frémissement en ridait soudain la surface, et les dos bruns des poissons inquiets transparaissaient. Dans les flaques du bord, des enfants pataugeurs capturaient un fretin brillant qu'ils jetaient dans des seaux pleins d'eau claire. L'eau de la mare, que l'émoi des poissons achevait de troubler, était terreuse et d'instant en instant plus opaque. Les poissons abondaient au-delà de toute espérance ; quatre valets de ferme en ramenaient en plongeant la main au hasard. Je regrettais que Marceline se fît attendre et je me décidais à courir la chercher lorsque quelques cris annoncèrent les premières anguilles. On ne réussissait pas à les prendre ; elles glissaient entre les doigts. Charles, qui jusqu'alors était resté près de son père sur la rive, n'y tint plus ; il ôta brusquement ses souliers, ses chaussettes, mit bas sa veste et son gilet, puis, relevant très haut son pantalon et les manches de sa chemise, il entra dans la vase résolument. Tout aussitôt je l'imitai.

— Eh bien ! Charles ! criai-je, avez-vous bien fait de revenir hier ?

Il ne répondit rien, mais me regarda tout riant, déjà fort occupé à sa pêche. Je l'appelai bientôt pour m'aider à cerner une grosse anguille ; nous unissions nos mains pour la saisir. Puis, après celle-là, ce fut une autre ; la vase nous éclaboussait au visage ; parfois on enfonçait brusquement et l'eau nous montait jusqu'aux cuisses ; nous fûmes bientôt tout trempés. À peine, dans l'ardeur du jeu, échangions-nous quelques cris, quelques phrases ; mais, à la fin du jour, je m'aperçus que je tutoyais Charles, sans bien savoir quand j'avais commencé. Cette action commune nous en avait appris plus l'un sur l'autre que n'aurait pu le faire une longue conversation. Marceline n'était pas encore venue et ne vint pas, mais déjà je ne regrettais plus son absence ; il me semblait qu'elle eût un peu gêné notre joie.

Dès le lendemain, je sortis retrouver Charles sur la ferme.

Nous nous dirigeâmes tous deux vers les bois.

Moi qui connaissais mal mes terres et m'inquiétais peu de les mieux connaître, je fus fort étonné de voir que Charles les connaissait fort bien, ainsi que les répartitions des fermages ; il m'apprit, ce dont je me doutais à peine, que j'avais six fermiers, que j'eusse pu toucher seize à dix-huit mille francs des fermages, et que si j'en touchais à grand-peine la moitié, c'est que presque tout s'absorbait en réparations de toutes sortes et en paiement d'intermédiaires. Certains sourires qu'il avait en examinant les cultures me firent bientôt douter que l'exploitation de mes terres fût aussi excellente que j'avais pu le croire d'abord et que me le donnait à entendre Bocage ; je poussai Charles sur ce sujet, et cette intelligence toute pratique, qui m'exaspérait en Bocage, en cet enfant sut m'amuser. Nous reprîmes jour après jour nos promenades ; la propriété était vaste, et quand nous eûmes bien fouillé tous les coins, nous recommençâmes avec plus de méthode. Charles ne me dissimula point l'irritation que lui causait la vue de certains champs mal cultivés, d'espaces encombrés de genêts, de chardons, d'herbes sures ; il sut me faire partager cette haine pour la jachère et rêver avec lui de cultures mieux ordonnées.

— Mais, lui disais-je d'abord, de ce médiocre entretien, qui en souffre ? Le fermier tout seul, n'est-ce pas ? Le rapport de sa ferme, s'il varie, ne fait pas varier le prix d'affermage.

Et Charles s'irritait un peu : — Vous n'y connaissez rien, se permettait-il de répondre — et je souriais aussitôt. — Ne considérant que le revenu, vous ne voulez pas remarquer que le capital se détériore. Vos terres, à être imparfaitement cultivées, perdent lentement leur valeur.

— Si elles pouvaient, mieux cultivées, rapporter plus, je doute que le fermier ne s'y attelle ; je le sais trop intéressé pour ne pas récolter tant qu'il peut.

— Vous comptez, continuait Charles, sans l'augmentation de main-d'œuvre. Ces terres sont parfois loin des fermes. À être cultivées, elles ne rapporteraient rien ou presque, mais au moins ne s'abîmeraient pas.

Et la conversation continuait. Parfois, pendant une heure et tout en arpentant les champs, nous semblions ressasser les mêmes choses : mais j'écoutais et, petit à petit, m'instruisais.

— Après tout, cela regarde ton père, lui dis-je un jour, impatienté. Charles rougit un peu :

— Mon père est vieux, dit-il ; il a déjà beaucoup à faire de veiller à l'exécution des baux, à l'entretien des bâtiments, à la bonne rentrée des fermages. Sa mission ici n'est pas de réformer.

— Quelles réformes proposerais-tu, toi ? continuai-je. Mais alors il se dérobait, prétendait ne pas s'y connaître ; ce n'est qu'à force d'insistances que je le contraignais à s'expliquer :

— Enlever aux fermiers toutes terres qu'ils laissent incultivées, finissait-il par conseiller. Si les fermiers laissent une partie de leurs champs en jachère, c'est preuve qu'ils ont trop du tout pour vous payer ; ou, s'ils prétendent garder tout, hausser le prix de leurs fermages. – Ils sont tous paresseux, dans ce pays, ajoutait-il.

Des six fermes que je me trouvais avoir, celle où je me rendais le plus volontiers était située sur la colline qui dominait la Morinière ; on l'appelait la Valterie ; le fermier qui l'occupait n'était pas déplaisant ; je causais avec lui volontiers. Plus près de la Morinière, une ferme dite « la ferme du Château » était louée à demi par un système de demi-métayage qui laissait Bocage, à défaut du propriétaire absent, possesseur d'une partie du bétail. À présent que la défiance était née, je commençais à soupçonner l'honnête Bocage lui-même, sinon de me duper, du moins de me laisser duper par plusieurs. On me réservait, il est vrai, une écurie et une étable, mais il me parut bientôt qu'elles n'étaient inventées que pour permettre au fermier de nourrir ses vaches et ses chevaux avec mon avoine et mon foin. J'avais écouté bénévolement jusqu'alors les plus invraisemblables nouvelles que Bocage, de temps à autre, m'en donnait : mortalités, malformations et maladies, j'acceptais tout. Qu'il suffît qu'une des vaches du fermier tombât malade pour devenir une de mes vaches, je n'avais pas encore pensé que cela fût possible ; ni qu'il suffît qu'une de mes vaches allât très bien pour devenir vache du fermier ; cependant quelques remarques imprudentes de Charles, quelques observations personnelles commencèrent à m'éclairer ; mon esprit une fois averti alla vite.

Marceline, avertie par moi, vérifia minutieusement tous les comptes, mais n'y put relever aucune erreur ; l'honnêteté de Bocage s'y réfugiait. – Que faire ? – Laisser faire. – Mais au moins, sourdement irrité, surveillai-je à présent les bêtes, sans pourtant trop le laisser voir.

J'avais quatre chevaux et dix vaches ; c'était assez pour bien me tourmenter. De mes quatre chevaux, il en était un qu'on nommait encore le « poulain », bien qu'il eût trois ans passés ; on s'occupait alors de le dresser ; je commençais à m'y intéresser, lorsqu'un beau jour on vint me déclarer qu'il était parfaitement intraitable, qu'on n'en pourrait jamais rien faire et que le mieux était de m'en débarrasser. Comme si j'en eusse voulu douter, on l'avait fait briser le devant d'une petite charrette et s'y ensanglanter les jarrets.

J'eus, ce jour-là, peine à garder mon calme, et ce qui me retint, ce fut la gêne de Bocage. Après tout, il y avait chez lui plus de faiblesse que de mauvais vouloir, pensai-je, la faute est aux serviteurs ; mais ils ne se sentent pas dirigés.

Je sortis dans la cour, voir le poulain. Dès qu'il m'entendit approcher, un serviteur qui le frappait le caressa ; je fis comme si je n'avais rien vu. Je ne connaissais pas grand-chose aux chevaux, mais ce poulain me semblait beau ; c'était un demi-sang bai clair, aux formes remarquablement élancées ; il avait l'œil très vif, la crinière ainsi que la queue presque blondes. Je m'assurai qu'il n'était pas blessé, exigeai qu'on pansât ses écorchures et repartis sans ajouter un mot.

Le soir, dès que je revis Charles, je tâchai de savoir ce que lui pensait du poulain.

— Je le crois très doux, me dit-il ; mais ils ne savent pas s'y prendre ; ils vous le rendront enragé.

— Comment t'y prendrais-tu, toi ?

— Monsieur veut-il me le confier pour huit jours ? J'en réponds.

— Et que lui feras-tu ?

— Vous verrez.

Le lendemain, Charles emmena le poulain dans un recoin de prairie qu'ombrageait un noyer superbe et que contournait la rivière ; je m'y rendis accompagné de Marceline. C'est un de mes plus vifs souvenirs. Charles avait attaché le poulain, par une corde de quelques mètres, à un pieu solidement fiché dans le sol. Le poulain, trop nerveux, s'était, paraît-il, fougueusement débattu quelque temps ; à présent, assagi, lassé, il tournait en rond d'une façon plus calme ; son trot, d'une élasticité surprenante, était aimable à regarder et séduisait comme une danse. Charles, au centre du cercle, évitant à chaque tour la corde d'un saut brusque, l'excitait ou le calmait de la parole ; il tenait à la main un grand fouet, mais je ne le vis pas s'en servir. Tout, dans son air et dans ses gestes, par sa jeunesse et par sa joie, donnait à ce travail le bel aspect fervent du plaisir. Brusquement et je ne sais comment il enfourcha la bête ; elle avait ralenti son allure, puis s'était arrêtée ; il l'avait caressée un peu, puis soudain je le vis à cheval, sûr de lui, se maintenant à peine à sa crinière, riant, penché, prolongeant sa caresse. À peine le poulain avait-il un instant regimbé ; à présent il reprenait son trot égal, si beau, si souple, que j'enviais Charles et le lui dis.

— Encore quelques jours de dressage et la selle ne le chatouillera plus ; dans deux semaines, Madame elle-même osera le monter : il sera doux comme une agnelle.

Il disait vrai ; quelques jours après, le cheval se laissa caresser, habiller, mener, sans défiance ; et Marceline même l'eût monté si son état lui eût permis cet exercice.

— Monsieur devrait bien l'essayer, me dit Charles.

C'est ce que je n'eusse jamais fait seul ; mais Charles proposa de seller pour lui-même un autre cheval de la ferme ; le plaisir de l'accompagner m'emporta.

Que je fus reconnaissant à ma mère de m'avoir conduit au manège durant ma première jeunesse ! Le lointain souvenir de ces premières leçons me servit. Je ne me sentis pas trop étonné d'être à cheval ; au bout de peu d'instants, j'étais sans crainte aucune et à mon aise. Le cheval que montait Charles était plus lourd, sans race, mais point désagréable à voir ; surtout, Charles le montait bien. Nous prîmes l'habitude de sortir un peu chaque jour ; de préférence, nous partions de grand matin, dans l'herbe claire de rosée ; nous gagnions la limite des bois ; des coudres ruisselants, secoués au passage, nous trempaient ; l'horizon tout à coup s'ouvrait ; c'était la vaste vallée d'Auge ; au loin on soupçonnait la mer. Nous restions un instant, sans descendre ; le soleil naissant colorait, écartait, dispersait les brumes ; puis nous repartions au grand trot ; nous nous attardions sur la ferme ; le travail commençait à peine ; nous savourions cette joie fière, de devancer et de dominer les travailleurs ; puis brusquement nous les quittions ; je rentrais à la Morinière, au moment que Marceline se levait. Je rentrais ivre d'air, étourdi de vitesse, les membres engourdis d'un peu de voluptueuse lassitude, l'esprit plein de santé, d'appétit, de fraîcheur. Marceline approuvait, encourageait ma fantaisie. En rentrant, encore tout guêtré, j'apportais vers le lit où elle s'attardait à m'attendre, une odeur de feuilles mouillées qui lui plaisait, me disait-elle. Et elle m'écoutait raconter notre course, l'éveil des champs, le recommencement du travail. Elle prenait autant de joie, semblait-il, à me sentir vivre, qu'à vivre. – Bientôt de cette joie aussi j'abusai ; nos promenades s'allongèrent, et parfois je ne rentrais plus que vers midi.

Cependant je réservais de mon mieux la fin du jour et la soirée à la préparation de mon cours. Mon travail avançait ; j'en étais satisfait et ne considérais pas comme impossible qu'il valût la peine plus tard de réunir mes leçons en volume. Par une sorte de réaction naturelle, tandis que ma vie s'ordonnait, se réglait et que je me plaisais autour de moi à régler et à ordonner toutes choses, je m'éprenais de plus en plus de l'éthique fruste des Goths, et tandis qu'au long de mon cours je m'occupais, avec une hardiesse que l'on me reprocha suffisamment dans la suite, d'exalter l'inculture et d'en dresser l'apologie, je m'ingéniais laborieusement à dominer sinon à supprimer tout ce qui la pouvait rappeler autour de moi comme en moi-même. Cette sagesse, ou bien cette folie, jusqu'où ne la poussai-je pas ?

Deux de mes fermiers, dont le bail expirait à la Noël, désireux de le renouveler, vinrent me trouver ; il s'agissait de signer, selon l'usage, la feuille dite « promesse de bail ». Fort des assurances de Charles, excité par ses conversations quotidiennes, j'attendais résolument les fermiers. Eux, forts de ce qu'un fermier se remplace malaisément, réclamèrent d'abord une diminution de loyer. Leur stupeur fut d'autant plus grande lorsque je leur lus les « promesses » que j'avais rédigées moi-même, où non seulement je me refusais à baisser le prix des fermages, mais encore leur retirais certaines pièces de terre dont j'avais vu qu'ils ne faisaient aucun usage. Ils feignirent d'abord de le prendre en riant : Je plaisantais. Qu'avais-je à faire de ces terres ? Elles ne valaient rien ; et s'ils n'en faisaient rien, c'était qu'on n'en pouvait rien faire... Puis, voyant mon sérieux, ils s'obstinèrent ; je m'obstinai de mon côté. Ils crurent m'effrayer en me menaçant de partir. Moi qui n'attendais que ce mot :

— Eh ! partez donc si vous voulez ! Je ne vous retiens pas, leur dis-je. Je pris les promesses de bail et les déchirai devant eux.

Je restai donc avec plus de cent hectares sur les bras. Depuis quelque temps déjà, je projetais d'en confier la haute direction à Bocage, pensant bien qu'indirectement c'est à Charles que je la donnais ; je prétendais aussi m'en occuper beaucoup moi-même ; d'ailleurs je ne réfléchis guère : le risque même de l'entreprise me tentait. Les fermiers ne délogeaient qu'à la Noël ; d'ici là nous pouvions bien nous retourner. Je prévins Charles ; sa joie aussitôt me déplut ; il ne put la dissimuler ; elle me fit sentir encore plus sa beaucoup trop grande jeunesse. Le temps pressait déjà ; nous étions à cette époque de l'année où les premières récoltes laissent libres les champs pour les premiers labours. Par une convention établie, les travaux du fermier sortant et ceux du nouveau se côtoient, le premier abandonnant son bien pièce après pièce et sitôt les moissons rentrées. Je redoutais, comme une sorte de vengeance, l'animosité des deux fermiers congédiés ; il leur plut au contraire de feindre à mon égard une parfaite complaisance (je ne sus que plus tard l'avantage qu'ils y trouvaient). J'en profitai pour courir le matin et le soir sur leurs terres qui devaient donc me revenir bientôt. L'automne commençait ; il fallut embaucher plus d'hommes pour hâter les labours, les semailles ; nous avions acheté herses, rouleaux, charrues : je me promenais à cheval, surveillant, dirigeant les travaux, prenant plaisir à commander.

Cependant, dans les prés voisins, les fermiers récoltaient les pommes ; elles tombaient, roulaient dans l'herbe épaisse, abondantes comme à nulle autre année ; les travailleurs n'y pouvaient point suffire ; il en venait des villages voisins ; on les embauchait pour huit jours ; Charles et moi, parfois, nous amusions à les aider. Les uns gaulaient les branches pour en faire tomber les fruits tardifs ; on récoltait à part les fruits tombés d'eux-mêmes, trop mûrs, souvent talés, écrasés dans les hautes herbes ; on ne pouvait marcher sans en fouler. L'odeur montant du pré était âcre et douceâtre et se mêlait à celle des labours.

L'automne s'avançait. Les matins des derniers beaux jours sont les plus frais, les plus limpides. Parfois l'atmosphère mouillée bleuissait les lointains, les reculait encore, faisait d'une promenade un voyage ; le pays semblait agrandi ; parfois, au contraire, la transparence anormale de l'air rendait les horizons tout proches ; on les eût atteints d'un coup d'aile ; et je ne sais ce qui des deux emplissait de plus de langueur. Mon travail était à peu près achevé ; du moins je le disais afin d'oser mieux m'en distraire. Le temps que je ne passais plus à la ferme, je le passais auprès de Marceline. Ensemble nous sortions dans le jardin ; nous marchions lentement, elle languissamment et pesant à mon bras ; nous allions nous asseoir sur un banc, d'où l'on dominait le vallon que le soir emplissait de lumière. Elle avait une tendre façon de s'appuyer sur mon épaule ; et nous restions ainsi jusqu'au soir, sentant fondre en nous la journée, sans gestes, sans paroles.

Comme un souffle parfois plisse une eau très tranquille, la plus légère émotion sur son front se laissait lire ; en elle, mystérieusement, elle écoutait frémir une nouvelle vie ; je me penchais sur elle comme sur une profonde eau pure, où, si loin qu'on voyait, on ne voyait que de l'amour. Ah ! si c'était encore le bonheur, je sais que j'ai voulu dès lors le retenir, comme on veut retenir dans ses mains rapprochées, en vain, une eau fuyante ; mais déjà je sentais, à côté du bonheur, quelque autre chose que le bonheur, qui colorait bien mon amour, mais comme colore l'automne.

L'automne s'avançait. L'herbe, chaque matin plus trempée, ne séchait plus au revers de l'orée ; à la fine aube elle était blanche. Les canards, sur l'eau des douves, battaient de l'aile ; ils s'agitaient sauvagement ; on les voyait parfois se soulever, faire avec de grands cris, dans un vol tapageur, tout le tour de la Morinière. Un matin nous ne les vîmes plus ; Bocage les avait enfermés. Charles me dit qu'on les enferme ainsi chaque automne, à l'époque de la migration. Et, peu de jours après, le temps changea. Ce fut, un soir, tout à coup, un grand souffle, une haleine de mer, forte, non divisée, amenant le nord et la pluie, emportant les oiseaux nomades. Déjà l'état de Marceline, les soins d'une installation nouvelle, les premiers soucis de mon cours nous eussent rappelés en ville. La mauvaise saison, qui commençait tôt, nous chassa.

Les travaux de la ferme, il est vrai, devaient me rappeler en novembre. J'avais été fort dépité d'apprendre les dispositions de Bocage pour l'hiver ; il me déclara son désir de renvoyer Charles sur la ferme modèle, où il avait, prétendait-il, encore passablement à apprendre ; je causai longuement, employai tous les arguments que je trouvai, mais ne pus le faire céder ; tout au plus, accepta-t-il d'écourter un peu ces études pour permettre à Charles de revenir un peu plus tôt. Bocage ne me dissimulait pas que l'exploitation des deux fermes ne se ferait pas sans grand-peine ; mais il avait en vue, m'apprit-il, deux paysans très sûrs qu'il comptait prendre sous ses ordres ; ce seraient presque des fermiers, presque des métayers, presque des serviteurs ; la chose était, pour le pays, trop nouvelle pour qu'il en augurât rien de bon ; mais c'était, disait-il, moi qui l'avais voulu. – Cette conversation avait lieu vers la fin d'octobre. Aux premiers jours de novembre, nous rentrions à Paris.

II

Ce fut dans la rue S***, près de Passy, que nous nous installâmes. L'appartement que nous avait indiqué un des frères de Marceline, et que nous avions pu visiter lors de notre dernier passage à Paris, était beaucoup plus grand que celui que m'avait laissé mon père, et Marceline put s'inquiéter quelque peu, non point seulement du loyer plus élevé, mais aussi de toutes les dépenses auxquelles nous allions nous laisser entraîner. À toutes ses craintes j'opposais une factice horreur du provisoire ; je me forçais moi-même d'y croire et l'exagérais à dessein. Certainement les divers frais d'installation excéderaient nos revenus cette année, mais notre fortune déjà belle devait s'embellir encore ; je comptais pour cela sur mon cours, sur la publication de mon livre et même, avec quelle folie ! sur les nouveaux rendements de mes fermes. Je ne m'arrêtai donc devant aucune dépense, me disant à chacune que je me liais d'autant plus, et prétendant supprimer du même coup toute humeur vagabonde que je pouvais sentir, ou craindre de sentir en moi.

Les premiers jours, et du matin au soir, notre temps se passa en courses ; et bien que le frère de Marceline, très obligeamment, s'offrît ensuite à nous en épargner plusieurs, Marceline ne tarda pas à se sentir très fatiguée. Puis, au lieu du repos qui lui eût été nécessaire, il lui fallut, aussitôt installée, recevoir visites sur visites ; l'éloignement où nous avions vécu jusqu'alors les faisait à présent affluer, et Marceline, déshabituée du monde, ni ne savait les abréger, ni n'osait condamner sa porte ; je la trouvais, le soir, exténuée ; et si je ne m'inquiétai pas d'une fatigue dont je savais la cause naturelle, du moins m'ingéniai-je à la diminuer, recevant souvent à sa place, ce qui ne m'amusait guère, et parfois rendant les visites, ce qui m'amusait moins encore.

Je n'ai jamais été brillant causeur ; la frivolité des salons, leur esprit, est chose à quoi je ne pouvais me plaire ; j'en avais pourtant bien fréquenté quelques-uns naguère ; mais que ce temps était donc loin ! Que s'était-il passé depuis ? Je me sentais, auprès des autres, terne, triste, fâcheux, à la fois gênant et gêné. Par une singulière malchance, vous, que je considérais déjà comme mes seuls amis véritables, n'étiez pas à Paris et n'y deviez pas revenir de longtemps. Eussé-je pu mieux vous parler ? M'eussiez-vous peut-être compris mieux que je ne faisais moi-même ? Mais de tout ce qui grandissait en moi et que je vous dis aujourd'hui, que savais-je ? L'avenir m'apparaissait tout sûr, et jamais je ne m'en étais cru plus maître.

Et quand bien même j'eusse été plus perspicace, quel recours contre moi-même pouvais-je trouver en Hubert, Didier, Maurice, en tant d'autres, que vous connaissez et jugez comme moi. Je reconnus bien vite, hélas ! l'impossibilité de me faire entendre d'eux. Dès les premières causeries que nous eûmes, je me vis comme contraint par eux de jouer un faux personnage, de ressembler à celui qu'ils croyaient que j'étais resté, sous peine de paraître feindre ; et, pour plus de commodité, je feignis donc d'avoir les pensées et les goûts qu'on me prêtait. On ne peut à la fois être sincère et le paraître. Je revis un peu plus volontiers les gens de ma partie, archéologues et philologues, mais ne trouvai, à causer avec eux, guère plus de plaisir et pas plus d'émotion qu'à feuilleter de bons dictionnaires d'histoire. Tout d'abord je pus espérer trouver une compréhension un peu plus directe de la vie chez quelques romanciers et chez quelques poètes ;

mais s'ils l'avaient, cette compréhension, il faut avouer qu'ils ne la montraient guère ; il me parut que la plupart ne vivaient point, se contentaient de paraître vivre et, pour un peu, eussent considéré la vie comme un fâcheux empêchement d'écrire. Et je ne pouvais pas les en blâmer ; et je n'affirme pas que l'erreur ne vînt pas de moi... D'ailleurs qu'entendais-je par : vivre ? – C'est précisément ce que j'eusse voulu qu'on m'apprît.

— Les uns et les autres causaient habilement des divers événements de la vie, jamais de ce qui les motive.

Quant aux quelques philosophes, dont le rôle eût été de me renseigner, je savais depuis longtemps ce qu'il fallait attendre d'eux ; mathématiciens ou néocriticistes, ils se tenaient aussi loin que possible de la troublante réalité et ne s'en occupaient pas plus que l'algébriste de l'existence des quantités qu'il mesure.

De retour près de Marceline, je ne lui cachais point l'ennui que ces fréquentations me causaient.

— Ils se ressemblent tous, lui disais-je. Chacun fait double emploi. Quand je parle à l'un d'eux, il me semble que je parle à plusieurs.

— Mais, mon ami, répondait Marceline, vous ne pouvez demander à chacun de différer de tous les autres.

— Plus ils se ressemblent entre eux et plus ils diffèrent de moi.

Et puis je reprenais plus tristement :

— Aucun n'a su être malade. Ils vivent, ont l'air de vivre et de ne pas savoir qu'ils vivent. D'ailleurs, moi-même, depuis que je suis auprès d'eux, je ne vis plus. Entre autres jours, aujourd'hui, qu'ai-je fait ? J'ai dû vous quitter dès 9 heures : à peine, avant de partir, ai-je eu le temps de lire un peu ; c'est le seul bon moment du jour. Votre frère m'attendait chez le notaire, et après le notaire il ne m'a pas lâché ; j'ai dû voir avec lui le tapissier ; il m'a gêné chez l'ébéniste et je ne l'ai laissé que chez Gaston ; j'ai déjeuné dans le quartier avec Philippe, puis j'ai retrouvé Louis qui m'attendait au café : entendu avec lui l'absurde cours de Théodore que j'ai complimenté à la sortie ; pour refuser son invitation du dimanche, j'ai dû l'accompagner chez Arthur ; avec Arthur, été voir une exposition d'aquarelles ; été déposer des cartes chez Albertine et chez Julie. Exténué, je rentre et vous trouve aussi fatiguée que moi-même, ayant vu Adeline, Marthe, Jeanne, Sophie. Et quand le soir, maintenant, je repasse toutes ces occupations du jour, je sens ma journée si vaine et elle me paraît si vide, que je voudrais la ressaisir au vol, la recommencer heure après heure et que je suis triste à pleurer.

Pourtant je n'aurais pas su dire ni ce que j'entendais par *vivre*, ni si le goût que j'avais pris d'une vie plus spacieuse et aérée, moins contrainte et moins soucieuse d'autrui, n'était pas le secret très simple de ma gêne ; ce secret me semblait bien plus mystérieux : un secret de ressuscité, pensais-je, car je restais un étranger parmi les autres, comme quelqu'un qui revient de chez les morts. Et d'abord je ne ressentis qu'un assez douloureux désarroi ; mais bientôt un sentiment très neuf se fit jour. Je n'avais éprouvé nul orgueil, je l'affirme, lors de la publication des travaux qui me valurent tant d'éloges. Était-ce de l'orgueil, à présent ? Peut-être ; mais du moins aucune nuance de vanité ne s'y mêlait. C'était, pour la première fois, la conscience de ma valeur propre : ce qui me séparait, me distinguait des autres, importait ; ce que personne d'autre que moi ne disait ni ne pouvait dire, c'était ce que j'avais à dire.

Mon cours commença tôt après ; le sujet m'y portant, je gonflai ma première leçon de toute ma passion nouvelle. À propos de l'extrême civilisation latine, je peignais la culture artistique, montant à fleur de peuple, à la manière d'une sécrétion, qui d'abord indique pléthore, surabondance de santé, puis aussitôt se fige, durcit, s'oppose à tout parfait contact de l'esprit avec la nature, cache sous l'apparence persistante de la vie la diminution de la vie, forme gaine où l'esprit gêné languit et bientôt s'étiole, puis meurt. Enfin, poussant à bout ma pensée, je disais la Culture, née de la vie, tuant la vie.

Les historiens blâmèrent une tendance, dirent-ils, aux généralisations trop rapides. D'autres blâmèrent ma méthode ; et ceux qui me complimentèrent furent ceux qui m'avaient le moins compris.

Ce fut à la sortie de mon cours que je revis pour la première fois Ménalque. Je ne l'avais jamais beaucoup fréquenté, et, peu de temps avant mon mariage, il était reparti pour une de ces explorations lointaines qui nous privaient de lui parfois plus d'une année. Jadis il ne me plaisait guère ; il semblait fier et ne s'intéressait pas à ma vie. Je fus donc étonné de le voir à ma première leçon. Son insolence même, qui m'écartait de lui d'abord, me plut, et le sourire qu'il me fit me parut plus charmant de ce que je le savais plus rare. Récemment un absurde, un honteux procès à scandale avait été pour les journaux une commode occasion de le salir ; ceux que son dédain et sa supériorité blessaient s'emparèrent de ce prétexte à leur vengeance ; et ce qui les irritait le plus, c'est qu'il n'en parût pas affecté.

— Il faut, répondait-il aux insultes, laisser les autres avoir raison, puisque cela les console de n'avoir pas autre chose.

Mais « la bonne société » s'indigna et ceux qui, comme l'on dit, « se respectent » crurent devoir se détourner de lui et lui rendre ainsi son mépris. Ce me fut une raison de plus : attiré vers lui par une secrète influence, je m'approchai et l'embrassai amicalement devant tous.

Voyant avec qui je causais, les derniers importuns se retirèrent ; je restai seul avec Ménalque.

Après les irritantes critiques et les ineptes compliments, ses quelques paroles au sujet de mon cours me reposèrent.

— Vous brûlez ce que vous adoriez, dit-il. Cela est bien. Vous vous y prenez tard ; mais la flamme est d'autant plus nourrie. Je ne sais encore si je vous entends bien ; vous m'intriguez. Je ne cause pas volontiers, mais voudrais causer avec vous. Dînez donc avec moi ce soir.

— Cher Ménalque, lui répondis-je, vous semblez oublier que je suis marié.

— Oui, c'est vrai, reprit-il ; à voir la cordiale franchise avec laquelle vous osiez m'aborder, j'avais pu vous croire plus libre.

Je craignis de l'avoir blessé ; plus encore de paraître faible, et lui dis que je le rejoindrais après dîner.

À Paris, toujours en passage, Ménalque logeait à l'hôtel ; il s'y était, pour ce séjour, fait aménager plusieurs pièces en manière d'appartement ; il avait là ses domestiques, mangeait à part, vivait à part, avait étendu sur les murs, sur les meubles dont la banale laideur l'offusquait, quelques étoffes qu'il avait rapportées du Népal et qu'il achevait, disait-il, de salir avant de les offrir à un musée. Ma hâte à le rejoindre avait été si grande que je le surpris encore à table quand j'entrai ; et comme je m'excusais de troubler son repas :

— Mais, me dit-il, je n'ai pas l'intention de l'interrompre et compte bien que vous me le laisserez achever. Si vous étiez venu dîner, je vous aurais offert du Chiraz, de ce vin que chantait Hafiz, mais il est trop tard à présent ; il faut être à jeun pour le boire ; prendrez-vous du moins des liqueurs ?

J'acceptai, pensant qu'il en prendrait aussi ; puis, voyant qu'on n'apportait qu'un verre, je m'étonnai :

— Excusez-moi, dit-il, mais je n'en bois presque jamais.

— Craindriez-vous de vous griser ?

— Oh ! répondit-il, au contraire ! Mais je tiens la sobriété pour une plus puissante ivresse ; j'y garde ma lucidité.

— Et vous versez à boire aux autres. Il sourit.

— Je ne peux, dit-il, exiger de chacun mes vertus. C'est déjà beau si je retrouve en eux mes vices.

— Du moins fumez-vous ?

— Pas davantage. C'est une ivresse impersonnelle, négative, et de trop facile conquête ; je cherche dans l'ivresse une exaltation et non une diminution de la vie. Laissons cela. Savez-vous d'où je viens ? De Biskra. Ayant appris que vous veniez d'y passer, j'ai voulu rechercher vos traces. Qu'était-il donc venu faire à Biskra, cet aveugle érudit, ce liseur ? Je n'ai coutume d'être discret que pour ce qu'on me confie ; pour ce que j'apprends par moi-même, ma curiosité, je l'avoue, est sans bornes. J'ai donc cherché, fouillé, questionné, partout où j'ai pu. Mon indiscrétion m'a servi, puisqu'elle m'a donné le désir de vous revoir ; puisqu'au lieu du savant routinier que je voyais en vous naguère, je sais que je dois voir à présent… c'est à vous de m'expliquer quoi.

Je sentis que je rougissais.

— Qu'avez-vous donc appris sur moi, Ménalque ?

— Vous voulez le savoir ? Mais n'ayez donc pas peur ! Vous connaissez assez vos amis et les miens pour savoir que je ne peux parler de vous à personne. Vous avez vu si votre cours était compris !

— Mais, dis-je avec une légère impatience, rien ne me montre encore que je puisse vous parler plus qu'aux autres. Allons ! qu'est-ce que vous avez appris sur moi ?

— D'abord, vous aviez été malade.

— Mais cela n'a rien de…

— Oh ! c'est déjà très important. Puis on m'a dit que vous sortiez volontiers seul, sans livre (et c'est là que j'ai commencé d'admirer), ou, lorsque vous n'étiez plus seul, accompagné moins volontiers de votre femme que d'enfants. Ne rougissez donc pas, ou je ne vous dis pas la suite.

— Racontez sans me regarder.

— Un des enfants – il avait nom Moktir s'il m'en souvient – beau comme peu, voleur et pipeur comme aucun, me parut en avoir long à dire ; j'attirai, j'achetai sa confiance, ce qui, vous le savez, n'est pas facile, car je crois qu'il mentait encore en disant qu'il ne mentait plus… Ce qu'il m'a raconté de vous, dites-moi donc si c'est véritable.

Ménalque cependant s'était levé et avait sorti d'un tiroir une petite boîte qu'il ouvrit.

— Ces ciseaux étaient-ils à vous ? dit-il en me tendant quelque chose d'informe, de rouillé, d'épointé, de faussé ; je n'eus pas grand-peine pourtant à reconnaître là les petits ciseaux que m'avait escamotés Moktir.

— Oui ; ce sont eux, c'étaient ceux de ma femme.

— Il prétend vous les avoir pris pendant que vous tourniez la tête, un jour que vous étiez seul avec lui dans une chambre ; mais l'intéressant n'est pas là ; il prétend qu'à l'instant qu'il les cachait dans son burnous, il a compris que vous le surveilliez dans une glace et surpris le reflet de votre regard l'épier. Vous aviez vu le vol et vous n'avez rien dit ! Moktir s'est montré fort surpris de ce silence... moi aussi.

— Je ne le suis pas moins de ce que vous me dites : comment ! il savait donc que je l'avais surpris !

— Là n'est pas l'important ; vous jouiez au plus fin ; à ce jeu, ces enfants nous rouleront toujours. Vous pensiez le tenir et c'était lui qui vous tenait... Là n'est pas l'important. Expliquez-moi votre silence.

— Je voudrais qu'on me l'expliquât.

Nous restâmes pendant quelque temps sans parler. Ménalque, qui marchait de long en large dans la pièce, alluma distraitement une cigarette, puis tout aussitôt la jeta.

— Il y a là, reprit-il, un « sens », comme disent les autres, un « sens » qui semble vous manquer, cher Michel.

— Le « sens moral », peut-être, dis-je en m'efforçant de sourire.

— Oh ! simplement celui de la propriété.

— Il ne me paraît pas que vous l'ayez beaucoup vous-même.

— Je l'ai si peu qu'ici, voyez, rien n'est à moi ; pas même ou surtout pas le lit où je me couche. J'ai l'horreur du repos ; la possession y encourage et dans la sécurité l'on s'endort ; j'aime assez vivre pour prétendre vivre éveillé, et maintiens donc, au sein de mes richesses mêmes, ce sentiment d'état précaire par quoi j'exaspère, ou du moins j'exalte ma vie. Je ne peux pas dire que j'aime le danger, mais j'aime la vie hasardeuse et veux qu'elle exige de moi, à chaque instant, tout mon courage, tout mon bonheur et toute ma santé.

— Alors que me reprochez-vous ? interrompis-je.

— Oh ! que vous me comprenez mal, cher Michel ; pour un coup que je fais la sottise d'essayer de professer ma foi !... Si je me soucie peu, Michel, de l'approbation ou de la désapprobation des hommes, ce n'est pas pour venir approuver ou désapprouver à mon tour ; ces mots n'ont pour moi pas grand sens. J'ai parlé beaucoup trop de moi tout à l'heure ; de me croire compris m'entraînait... Je voulais simplement vous dire que pour quelqu'un qui n'a pas le sens de la propriété, vous semblez posséder beaucoup ; c'est grave.

— Que possédé-je tant ?

— Rien, si vous le prenez sur ce ton... Mais n'ouvrez-vous pas votre cours ? N'êtes-vous pas propriétaire en Normandie ? Ne venez-vous pas de vous installer, et luxueusement, à Passy ? Vous êtes marié. N'attendez-vous pas un enfant ?

— Eh bien ! dis-je impatienté, cela prouve simplement que j'ai su me faire une vie plus « dangereuse » (comme vous dites) que la vôtre.

— Oui, simplement, redit ironiquement Ménalque ; puis, se retournant brusquement, et me tendant la main :

— Allons, adieu ; voilà qui suffit pour ce soir et nous ne dirions rien de mieux. Mais, à bientôt.

Je restai quelque temps sans le revoir.

De nouveaux soins, de nouveaux soucis m'occupèrent ; un savant italien me signala des documents nouveaux qu'il mit au jour et que j'étudiai longuement pour mon cours. Sentir ma première leçon mal comprise avait éperonné mon désir d'éclairer différemment et plus puissamment les suivantes ; je fus par là porté à poser en doctrine ce que je n'avais fait d'abord que hasarder à titre d'ingénieuse hypothèse. Combien d'affirmateurs doivent leur force à cette chance de n'avoir pas été compris à demi-mot ! Pour moi, je ne peux discerner, je l'avoue, la part d'entêtement qui peut-être vint se mêler au besoin d'affirmation naturelle. Ce que j'avais de neuf à dire me parut d'autant plus urgent que j'avais plus de mal à le dire, et surtout à le faire entendre.

Mais combien les phrases, hélas ! devenaient pâles près des actes ! La vie, le moindre geste de Ménalque n'était-il pas plus éloquent mille fois que mon cours ? Ah ! que je compris bien, dès lors, que l'enseignement presque tout moral des grands philosophes antiques ait été d'exemple autant et plus encore que de paroles !

Ce fut chez moi que je revis Ménalque, près de trois semaines après notre première rencontre. Ce fut presque à la fin d'une réunion trop nombreuse. Pour éviter un dérangement quotidien, Marceline et moi préférions laisser nos portes grandes ouvertes le jeudi soir ; nous les fermions ainsi plus aisément les autres jours. Chaque jeudi, ceux qui se disaient nos amis venaient donc ; la belle dimension de nos salons nous permettait de les recevoir en grand nombre et la réunion se prolongeait fort avant dans la nuit. Je pense que les attirait surtout l'exquise grâce de Marceline et le plaisir de converser entre eux, car, pour moi, dès la seconde de ces soirées, je ne trouvai plus rien à écouter, rien à dire, et dissimulai mal mon ennui. J'errais du fumoir au salon, de l'antichambre à la bibliothèque, accroché parfois par une phrase, observant peu et regardant comme au hasard.

Antoine, Etienne et Godefroy discutaient le dernier vote de la Chambre, vautrés sur les délicats fauteuils de ma femme. Hubert et Louis maniaient sans précaution et froissaient d'admirables eaux-fortes de la collection de mon père. Dans le fumoir, Mathias, pour écouter mieux Léonard, avait posé son cigare ardent sur une table en bois de rose. Un verre de curaçao s'était répandu sur le tapis. Les pieds boueux d'Albert, impudemment couché sur un divan, salissaient une étoffe. Et la poussière qu'on respirait était faite de l'horrible usure des choses... Il me prit une furieuse envie de pousser tous mes invités par les épaules. Meubles, étoffes, estampes, à la première tache perdaient pour moi toute valeur; choses tachées, choses atteintes de maladie et comme désignées par la mort. J'aurais voulu tout protéger, mettre tout sous clef pour moi seul. Que Ménalque est heureux, pensai-je, qui n'a rien! Moi, c'est parce que je veux conserver que je souffre. Que m'importe au fond tout cela?

Dans un petit salon moins éclairé, séparé par une glace sans tain, Marceline ne recevait que quelques intimes; elle était à demi étendue sur des coussins; elle était affreusement pâle, et me parut si fatiguée que j'en fus effrayé soudain et me promis que cette réception serait la dernière. Il était déjà tard. J'allais regarder l'heure à ma montre quand je sentis dans la poche de mon gilet les petits ciseaux de Moktir.

— Et pourquoi les avait-il volés, celui-là, si c'était aussitôt pour les abîmer, les détruire?

À ce moment, quelqu'un frappa sur mon épaule; je me retournai brusquement: c'était Ménalque.

Il était, presque le seul, en habit. Il venait d'arriver. Il me pria de le présenter à ma femme; je ne l'eusse certes pas fait de moi-même. Ménalque était élégant, presque beau; d'énormes moustaches, tombantes, déjà grises, coupaient son visage de pirate; la flamme froide de son regard indiquait plus de courage et de décision que de bonté. Il ne fut pas plus tôt devant Marceline que je compris qu'il ne lui plaisait pas. Après qu'il eut avec elle échangé quelques banales phrases de politesse, je l'entraînai dans le fumoir.

J'avais appris le matin même la nouvelle mission dont le ministère des colonies le chargeait; divers journaux, rappelant à ce sujet son aventureuse carrière, semblaient oublier leurs basses insultes de la veille et ne trouvaient pas de termes assez vifs pour le louer. Ils exagéraient à l'envi les services rendus au pays, à l'humanité tout entière par les profitables découvertes de ses dernières explorations, tout comme s'il n'entreprenait rien que dans un but humanitaire : et l'on vantait de lui des traits d'abnégation, de dévouement, de hardiesse, tout comme s'il devait chercher une récompense en ces éloges.

Je commençais de le féliciter ; il m'interrompit dès les premiers mots :

— Eh quoi ! vous aussi, cher Michel ; vous ne m'aviez pourtant pas d'abord insulté, dit-il. Laissez donc aux journaux ces bêtises. Ils semblent s'étonner aujourd'hui qu'un homme de mœurs décriées puisse pourtant avoir encore quelques vertus. Je ne sais faire en moi les distinctions et les réserves qu'ils prétendent établir, et n'existe qu'en totalité. Je ne prétends à rien qu'au naturel, et pour chaque action, le plaisir que j'y prends m'est signe que je devais la faire.

— Cela peut mener loin, lui dis-je.

— J'y compte bien, reprit Ménalque. Ah ! si tous ceux qui nous entourent pouvaient se persuader de cela. Mais la plupart d'entre eux pensent n'obtenir d'eux-mêmes rien de bon que par la contrainte ; ils ne se plaisent que contrefaits. C'est à soi-même que chacun prétend le moins ressembler. Chacun se propose un patron, puis l'imite ; même il ne choisit pas le patron qu'il imite ; il accepte un patron tout choisi. Il y a pourtant, je le crois, d'autres choses à lire, dans l'homme. On n'ose pas. On n'ose pas tourner la page. Lois de l'imitation ; je les appelle : lois de la peur. On a peur de se trouver seul : et l'on ne se trouve pas du tout. Cette agoraphobie morale m'est odieuse ; c'est la pire des lâchetés. Pourtant c'est toujours seul qu'on invente. Mais qui cherche ici d'inventer ? Ce que l'on sent en soi de différent, c'est précisément ce que l'on possède de rare, ce qui fait à chacun sa valeur ; et c'est là ce que l'on tâche de supprimer. On imite. Et l'on prétend aimer la vie.

Je laissais Ménalque parler ; ce qu'il disait, c'était précisément ce que, le mois d'avant, je disais à Marceline ; et j'aurais donc dû l'approuver. Pourquoi, par quelle lâcheté l'interrompis-je, et lui dis-je, imitant Marceline, la phrase mot pour mot par laquelle elle m'avait alors interrompu :

— Vous ne pouvez pourtant, cher Ménalque, demander à chacun de différer de tous les autres.

Ménalque se tut brusquement, me regarda d'une façon bizarre, puis, comme Eusèbe précisément s'approchait pour prendre congé de moi, il me tourna le dos sans façon et alla s'entretenir avec Hector.

Aussitôt dite, ma phrase m'avait paru stupide ; et je me désolai surtout qu'elle pût faire croire à Ménalque que je me sentais attaqué par ses paroles. Il était tard ; mes invités partaient. Quand le salon fut presque vide, Ménalque revint à moi :

— Je ne puis vous quitter ainsi, me dit-il. Sans doute j'ai mal compris vos paroles. Laissez-moi du moins l'espérer.

— Non, répondis-je. Vous ne les avez pas mal comprises ; mais elles n'avaient aucun sens ; et je ne les eus pas plus tôt dites que je souffris de leur sottise, et surtout de sentir qu'elles allaient me ranger à vos yeux précisément parmi ceux dont vous faisiez le procès tout à l'heure, et qui, je vous l'affirme, me sont odieux comme à vous. Je hais tous les gens à principes.

— Ils sont, reprit Ménalque en riant, ce qu'il y a de plus détestable en ce monde. On ne saurait attendre d'eux aucune espèce de sincérité ; car ils ne font jamais que ce que leurs principes ont décrété qu'ils devaient faire, ou, sinon, regardent ce qu'ils font comme mal fait. Au seul soupçon que vous pouviez être un des leurs, j'ai senti la parole se glacer sur mes lèvres. Le chagrin qui m'a pris aussitôt m'a révélé combien mon affection pour vous était vive ; j'ai souhaité m'être mépris, non dans mon affection, mais dans le jugement que je portais.

— En effet, votre jugement était faux.

— Ah ! n'est-ce pas ? dit-il en me prenant la main brusquement. Écoutez ; je dois partir bientôt, mais je voudrais vous voir encore. Mon voyage sera, cette fois, plus long et hasardeux que tous les autres ; je ne sais quand je reviendrai. Je dois partir dans quinze jours ; ici, chacun ignore que mon départ est si proche ; je vous l'annonce secrètement. Je pars dès l'aube. La nuit qui précède un départ est pour moi chaque fois une nuit d'angoisses affreuses. Prouvez-moi que vous n'êtes pas homme à principes ; puis-je compter que vous voudrez bien passer cette dernière nuit près de moi ?

— Mais nous nous reverrons avant, lui dis-je, un peu surpris.

— Non. Durant ces quinze jours, je n'y serai plus pour personne, et ne serai même pas à Paris. Demain je pars pour Budapest ; dans six jours je dois être à Rome. Ici et là sont des amis que je veux embrasser avant de quitter l'Europe. Un autre m'attend à Madrid.

— C'est entendu, je passerai cette nuit de veille avec vous.

— Et nous boirons du vin de Chiraz, dit Ménalque.

Quelques jours après cette soirée, Marceline commença d'aller moins bien. J'ai déjà dit qu'elle était souvent fatiguée ; mais elle évitait de se plaindre, et comme j'attribuais à son état cette fatigue, je la croyais très naturelle et j'évitais de m'inquiéter. Un vieux médecin assez sot, ou insuffisamment renseigné, nous avait tout d'abord rassurés à l'excès. Cependant des troubles nouveaux, accompagnés de fièvre, me décidèrent à appeler le Docteur Tr. qui passait alors pour le plus avisé spécialiste. Il s'étonna que je ne l'eusse pas appelé plus tôt, et prescrivit un régime strict que, depuis quelque temps déjà, elle eût dû suivre. Par un très imprudent courage, Marceline s'était jusqu'à ce jour surmenée ; jusqu'à la délivrance, qu'on attendait vers la fin de janvier, elle devait garder la chaise longue. Sans doute un peu inquiète et plus dolente qu'elle ne voulait l'avouer, Marceline se plia très doucement aux prescriptions les plus gênantes ; une sorte de résignation religieuse rompit la volonté qui la soutenait jusqu'alors, de sorte que son état empira brusquement durant les quelques jours qui suivirent.

Je l'entourai de plus de soins encore et la rassurai de mon mieux, me servant des paroles mêmes de Tr. qui ne voyait en son état rien de bien grave ; mais la violence de ses craintes finit par m'alarmer à mon tour. Ah ! combien dangereusement déjà notre bonheur se reposait sur l'espérance ! et de quel futur incertain ! Moi qui d'abord ne trouvais de goût qu'au passé, la subite saveur de l'instant m'a pu griser un jour, pensai-je, mais le futur désenchante l'heure présente, plus encore que le présent ne désenchanta le passé ; et depuis notre nuit de Sorrente, déjà tout mon amour, toute ma vie se projettent sur l'avenir.

Cependant le soir vint que j'avais promis à Ménalque ; et malgré mon ennui d'abandonner toute une nuit d'hiver Marceline, je lui fis accepter de mon mieux la solennité du rendez-vous, la gravité de ma promesse. Marceline allait un peu mieux ce soir-là, et pourtant j'étais inquiet ; une garde me remplaça près d'elle. Mais, sitôt dans la rue, mon inquiétude prit une force nouvelle ; je la repoussai, luttai contre elle, m'irritant contre moi de ne pas mieux m'en libérer. Je parvins ainsi peu à peu à un état de surtension, d'exaltation singulière, très différente et très proche à la fois de l'inquiétude douloureuse qui l'avait fait naître, mais plus proche encore du bonheur. Il était tard ; je marchais à grands pas ; la neige commença de tomber abondante ; j'étais heureux de respirer enfin un air plus vif, de lutter contre le froid, heureux contre le vent, la nuit, la neige ; je savourais mon énergie.

Ménalque, qui m'entendit venir, parut sur le palier de l'escalier. Il m'attendait sans patience. Il était pâle et paraissait un peu crispé. Il me débarrassa de mon manteau, et me força de changer mes bottes mouillées contre de molles pantoufles persanes. Sur un guéridon, près du feu, étaient posées des friandises. Deux lampes éclairaient la pièce, moins que ne le faisait le foyer. Ménalque, dès l'abord, s'informa de la santé de Marceline. Pour simplifier, je répondis qu'elle allait très bien.

— Votre enfant, vous l'attendez bientôt ? reprit-il.
— Dans deux mois.

Ménalque s'inclina vers le feu, comme s'il eût voulu cacher son visage. Il se taisait. Il se tut si longtemps que j'en fus à la fin tout gêné, ne sachant non plus que lui dire. Je me levai, fis quelques pas, puis, m'approchant de lui, posai ma main sur son épaule. Alors, comme s'il continuait sa pensée :

— Il faut choisir, murmura-t-il. L'important, c'est de savoir ce que l'on veut.

— Eh ! ne voulez-vous pas partir ? lui demandai-je, incertain du sens que je devais donner à ses paroles.

— Il paraît.

— Hésiteriez-vous donc ?

— À quoi bon ? Vous qui avez femme et enfant, restez. Des mille formes de la vie, chacun ne peut connaître qu'une. Envier le bonheur d'autrui, c'est folie ; on ne saurait pas s'en servir. Le bonheur ne se veut pas tout fait, mais sur mesure. Je pars demain ; je sais : j'ai tâché de tailler ce bonheur à ma taille. Gardez le bonheur calme du foyer.

— C'est à ma taille aussi que j'avais taillé mon bonheur, m'écriai-je. Mais j'ai grandi. À présent mon bonheur me serre. Parfois, j'en suis presque étranglé !

— Bah ! vous vous y ferez ! dit Ménalque ; puis il se campa devant moi, plongea son regard dans le mien, et comme je ne trouvais rien à dire, il sourit un peu tristement : – On croit que l'on possède, et l'on est possédé, reprit-il. – Versez-vous du Chiraz, cher Michel ; vous n'en goûterez pas souvent ; et mangez de ces pâtes roses que les Persans prennent avec. Pour ce soir je veux boire avec vous, oublier que je pars demain, et causer comme si cette nuit était longue. Savez-vous ce qui fait de la poésie aujourd'hui et de la philosophie surtout, lettres mortes ? C'est qu'elles se sont séparées de la vie. La Grèce, elle, idéalisait à même la vie ; de sorte que la vie de l'artiste était elle-même déjà une réalisation poétique ; la vie du philosophe, une mise en action de sa philosophie ; de sorte aussi que, mêlées à la vie, au lieu de s'ignorer, la philosophie alimentant la poésie, la poésie exprimant la philosophie, cela était d'une persuasion admirable. Aujourd'hui la beauté n'agit plus ; l'action ne s'inquiète plus d'être belle ; et la sagesse opère à part.

— Pourquoi, dis-je, vous qui vivez votre sagesse, n'écrivez-vous pas vos mémoires ? – ou simplement, repris-je en le voyant sourire, les souvenirs de vos voyages ?

— Parce que je ne veux pas me souvenir, répondit-il. Je croirais, ce faisant, empêcher d'arriver l'avenir et faire empiéter le passé. C'est du parfait oubli d'hier que je crée la nouvelleté de chaque heure. Jamais, d'avoir été heureux, ne me suffit. Je ne crois pas aux choses mortes, et confonds n'être plus, avec n'avoir jamais été.

Je m'irritais enfin de ces paroles, qui précédaient trop ma pensée ; j'eusse voulu tirer arrière, l'arrêter ; mais je cherchais en vain à contredire, et d'ailleurs m'irritais contre moi-même plus encore que contre Ménalque. Je restai donc silencieux. Lui, tantôt allant et venant à la façon d'un fauve en cage, tantôt se penchant vers le feu, tantôt se taisait longuement, puis tantôt, brusquement, disait :

— Si encore nos médiocres cerveaux savaient bien embaumer les souvenirs ! Mais ceux-ci se conservent mal. Les plus délicats se dépouillent ; les plus voluptueux pourrissent ; les plus délicieux sont les plus dangereux dans la suite. Ce dont on se repent était délicieux d'abord.

De nouveau, long silence ; et puis il reprenait :

— Regrets, remords, repentirs, ce sont joies de naguère, vues de dos. Je n'aime pas regarder en arrière, et j'abandonne au loin mon passé, comme l'oiseau, pour s'envoler, quitte son ombre. Ah ! Michel, toute joie nous attend toujours, mais veut trouver la couche vide, être la seule, et qu'on arrive à elle comme un veuf. Ah ! Michel, toute joie est pareille à cette manne du désert qui se corrompt d'un jour à l'autre ; elle est pareille à l'eau de la source Amélès qui, raconte Platon, ne se pouvait garder dans aucun vase. Que chaque instant emporte tout ce qu'il avait apporté.

Ménalque parla longtemps encore ; je ne puis rapporter ici toutes ses phrases ; beaucoup pourtant se gravèrent en moi, d'autant plus fortement que j'eusse désiré les oublier plus vite ; non qu'elles m'apprissent rien de bien neuf, mais elles mettaient à nu brusquement ma pensée ; une pensée que je couvrais de tant de voiles, que j'avais presque pu l'espérer étouffée. Ainsi s'écoula la veillée.

Quand, au matin, après avoir conduit Ménalque au train qui l'emporta, je m'acheminai seul pour rentrer près de Marceline, je me sentis plein d'une tristesse abominable, de haine contre la joie cynique de Ménalque ; je voulais qu'elle fût factice ; je m'efforçais de la nier. Je m'irritais de n'avoir rien su lui répondre : je m'irritais d'avoir dit quelques mots qui l'eussent fait douter de mon bonheur, de mon amour. Et je me cramponnais à mon douteux bonheur, à mon « calme bonheur », comme disait Ménalque ; je ne pouvais, hélas ! en écarter l'inquiétude, mais prétendais que cette inquiétude servît d'aliment à l'amour. Je me penchais vers l'avenir où déjà je voyais mon petit enfant me sourire ; pour lui se reformait et se fortifiait ma morale. Décidément je marchais d'un pas ferme.

Hélas ! quand je rentrai, ce matin-là, un désordre inaccoutumé me frappa dès la première pièce. La garde vint à ma rencontre et m'apprit, à mots tempérés, que d'affreuses angoisses avaient saisi ma femme dans la nuit, puis des douleurs, bien qu'elle ne se crût pas encore au terme de sa grossesse ; que se sentant très mal, elle avait envoyé chercher le docteur, que celui-ci, bien qu'arrivé en hâte dans la nuit, n'avait pas encore quitté la malade ; puis, voyant ma pâleur je pense, elle voulut me rassurer, me disant que tout allait déjà bien mieux, que... Je m'élançai vers la chambre de Marceline.

La chambre était peu éclairée ; et d'abord je ne distinguai que le docteur qui, de la main, m'imposa silence ; puis, dans l'ombre une figure que je ne connaissais pas. Anxieusement, sans bruit, je m'approchai du lit. Marceline avait les yeux fermés ; elle était si terriblement pâle que d'abord je la crus morte ; mais, sans ouvrir les yeux, elle tourna vers moi la tête. Dans un coin sombre de la pièce, la figure inconnue rangeait, cachait divers objets ; je vis des instruments luisants, de l'ouate ; je vis, crus voir, un linge taché de sang... Je sentis que je chancelais. Je tombai presque vers le docteur ; il me soutint. Je comprenais ; j'avais peur de comprendre.

— Le petit ? demandai-je anxieusement.

Il eut un triste haussement d'épaules. – Sans plus savoir ce que je faisais, je me jetai contre le lit, en sanglotant. Ah ! subit avenir ! Le terrain cédait brusquement sous mon pas ; devant moi n'était plus qu'un trou vide où je trébuchais tout entier.

Ici tout se confond en un ténébreux souvenir. Pourtant Marceline sembla d'abord assez vite se remettre. Les vacances du début de l'année me laissant un peu de répit, je pus passer près d'elle presque toutes les heures du jour. Près d'elle je lisais, j'écrivais, ou lui faisais doucement la lecture. Je ne sortais jamais sans lui rapporter quelques fleurs. Je me souvenais des tendres soins dont elle m'avait entouré alors que moi j'étais malade, et l'entourais de tant d'amour que parfois elle en souriait, comme heureuse. Pas un mot ne fut échangé au sujet du triste accident qui meurtrissait nos espérances.

Puis la phlébite se déclara : et quand elle commença de décliner, une embolie, soudain, mit Marceline entre la vie et la mort. C'était la nuit ; je me revois penché sur elle, sentant, avec le sien, mon cœur s'arrêter ou revivre. Que de nuits la veillai-je ainsi ! le regard obstinément fixé sur elle, espérant, à force d'amour, insinuer un peu de ma vie en la sienne. Et si je ne songeais plus beaucoup au bonheur, ma seule triste joie était de voir parfois sourire Marceline.

Mon cours avait repris. Où trouvai-je la force de préparer mes leçons, de les dire ? Mon souvenir se perd et je ne sais comment se succédèrent les semaines. Pourtant un petit fait que je veux vous redire :

C'est un matin, peu de temps après l'embolie ; je suis auprès de Marceline ; elle semble aller un peu mieux, mais la plus grande immobilité lui est encore prescrite ; elle ne doit même pas remuer les bras. Je me penche pour la faire boire, et lorsqu'elle a bu et que je suis encore penché près d'elle, d'une voix que son trouble rend plus faible encore, elle me prie d'ouvrir un coffret que son regard me désigne ; il est là, sur la table ; je l'ouvre ; il est plein de rubans, de chiffons, de petits bijoux sans valeur. Que veut-elle ? J'apporte près du lit la boîte ; je sors un à un chaque objet. Est-ce ceci ? cela ?... Non ; pas encore ; et je la sens qui s'inquiète un peu. – Ah ! Marceline ! c'est ce petit chapelet que tu veux ! Elle s'efforce de sourire.

— Tu crains donc que je ne te soigne pas assez ?

— Oh ! mon ami ! murmure-t-elle. – Et je me souviens de notre conversation de Biskra, de son craintif reproche en m'entendant repousser ce qu'elle appelle «l'aide de Dieu». Je reprends un peu rudement :

— J'ai bien guéri tout seul.

— J'ai tant prié pour toi, répond-elle. Elle dit cela tendrement, tristement ; je sens dans son regard une anxiété suppliante. Je prends le chapelet et le glisse dans sa main affaiblie qui repose sur le drap, contre elle. Un regard chargé de larmes et d'amour me récompense, mais auquel je ne puis répondre ; un instant encore je m'attarde, ne sais que faire, suis gêné ; enfin, n'y tenant plus :

— Adieu, lui dis-je ; et je quitte la chambre, hostile, et comme si l'on m'en avait chassé.

Cependant l'embolie avait amené des désordres assez graves ; l'affreux caillot de sang, que le cœur avait rejeté, fatiguait et congestionnait les poumons, obstruait la respiration, la faisait difficile et sifflante. La maladie était entrée en Marceline, l'habitait désormais, la marquait, la tachait. C'était une chose abîmée.

III

La saison devenait clémente. Dès que mon cours fut terminé, je transportai Marceline à la Morinière, le Docteur affirmant que tout danger pressant était passé et que, pour achever de la remettre, il ne fallait rien tant qu'un air meilleur. J'avais moi-même grand besoin de repos. Ces veilles que j'avais tenu à supporter presque toutes moi-même, cette angoisse prolongée, et surtout cette sorte de sympathie physique qui, lors de l'embolie de Marceline, m'avait fait ressentir en moi les affreux sursauts de son cœur, tout cela m'avait fatigué comme si j'avais moi-même été malade.

J'eusse préféré emmener Marceline dans la montagne ; mais elle me montra le désir le plus vif de retourner en Normandie, prétendit que nul climat ne lui serait meilleur, et me rappela que j'avais à revoir ces deux fermes, dont je m'étais un peu témérairement chargé. Elle me persuada que je m'en étais fait responsable, et que je me devais d'y réussir. Nous ne fûmes pas plus tôt arrivés qu'elle me poussa donc de courir sur les terres… Je ne sais si, dans son amicale insistance, beaucoup d'abnégation n'entrait pas ; la crainte que, sinon, me croyant retenu près d'elle par les soins qu'il fallait encore lui donner, je ne sentisse pas assez grande ma liberté… Marceline pourtant allait mieux ; du sang recolorait ses joues ; et rien ne me reposait plus que de sentir moins triste son sourire ; je pouvais la laisser sans crainte.

Je retournai donc sur les fermes. On y faisait les premiers foins. L'air chargé de pollens, de senteurs, m'étourdit tout d'abord comme une boisson capiteuse. Il me sembla que, depuis l'an passé, je n'avais plus respiré, ou respiré que des poussières, tant pénétrait mielleusement en moi l'atmosphère. Du talus où je m'étais assis, comme grisé, je dominais la Morinière ; je voyais ses toits bleus, les eaux dormantes de ses douves ; autour, des champs fauchés, d'autres pleins d'herbes ; plus loin, la courbe du ruisseau ; plus loin, les bois où l'automne dernier je me promenais à cheval avec Charles. Des chants que j'entendais depuis quelques instants se rapprochèrent ; c'étaient des faneurs qui rentraient, la fourche ou le râteau sur l'épaule. Ces travailleurs, que je reconnus presque tous, me firent fâcheusement souvenir que je n'étais point là en voyageur charmé, mais en maître. Je m'approchai, leur souris, leur parlai, m'enquis de chacun longuement. Déjà Bocage le matin m'avait pu renseigner sur l'état des cultures ; par une correspondance régulière, il n'avait d'ailleurs pas cessé de me tenir au courant des moindres incidents des fermes. L'exploitation n'allait pas mal ; beaucoup mieux que Bocage ne me le laissait d'abord espérer. Pourtant on m'attendait pour quelques décisions importantes, et, durant quelques jours, je dirigeai tout de mon mieux, sans plaisir, mais raccrochant à ce semblant de travail ma vie défaite.

Dès que Marceline fut assez bien pour recevoir, quelques amis vinrent habiter avec nous. Leur société affectueuse et point bruyante sut plaire à Marceline, mais fit que je quittai d'autant plus volontiers la maison. Je préférais la société des gens de la ferme ; il me semblait qu'avec eux je trouverais mieux à apprendre ; non point que je les interrogeasse beaucoup ; non, et je sais à peine exprimer cette sorte de joie que je ressentais auprès d'eux : il me semblait sentir à travers eux ; et tandis que la conversation de nos amis, avant qu'ils commençassent de parler, m'était déjà toute connue, la seule vue de ces gueux me causait un émerveillement continuel.

Si d'abord l'on eût dit qu'ils mettaient à me répondre toute la condescendance que j'évitais de mettre à les interroger, bientôt ils supportèrent mieux ma présence. J'entrais toujours plus en contact avec eux. Non content de les suivre au travail, je voulais les voir à leurs jeux ; leurs obtuses pensées ne m'intéressaient guère, mais j'assistais à leurs repas, j'écoutais leurs plaisanteries, surveillais amoureusement leurs plaisirs. C'était, dans une sorte de sympathie, pareille à celle qui faisait sursauter mon cœur aux sursauts de celui de Marceline, c'était un immédiat écho de chaque sensation étrangère, non point vague, mais précis, aigu. Je sentais en mes bras la courbature du faucheur ; j'étais las de la lassitude ; la gorgée de cidre qu'il buvait me désaltérait ; je la sentais glisser dans sa gorge ; un jour, en aiguisant sa faux, l'un s'entailla profondément le pouce : je ressentis sa douleur, jusqu'à l'os.

Il me semblait, ainsi, que ma vue ne fût plus seule à m'enseigner le paysage, mais que je le sentisse encore par une sorte d'attouchement qu'illimitait cette bizarre sympathie.

La présence de Bocage me gênait, il me fallait, quand il venait, jouer au maître, et je n'y trouvais plus aucun goût. Je commandais encore, il le fallait, et dirigeais à ma façon les travailleurs ; mais je ne montais plus à cheval par crainte de les dominer trop. Mais, malgré les précautions que je prenais pour qu'ils ne souffrissent plus de ma présence et ne se contraignissent plus devant moi, je restais devant eux, comme auparavant, plein de curiosité mauvaise. L'existence de chacun d'eux me demeurait mystérieuse. Il me semblait toujours qu'une partie de leur vie se cachât. Que faisaient-ils, quand je n'étais plus là ? Je ne consentais pas qu'ils ne s'amusassent pas plus. Et je prêtais à chacun d'eux un secret que je m'entêtais à désirer connaître. Je rôdais, je suivais, j'épiais. Je m'attachais de préférence aux plus frustes natures, comme si, de leur obscurité, j'attendais, pour m'éclairer, quelque lumière.

Un surtout m'attirait : il était assez beau, grand, point stupide, mais uniquement mené par l'instinct ; il ne faisait jamais rien que de subit, et cédait à toute impulsion de passage. Il n'était pas de ce pays ; on l'avait embauché par hasard. Excellent travailleur deux jours, il se soûlait à mort le troisième. Une nuit, j'allai furtivement le voir dans la grange ; il était vautré dans le foin ; il dormait d'un épais sommeil ivre. Que de temps je le regardai !... Un beau jour, il partit comme il était venu. J'eusse voulu savoir sur quelles routes. J'appris le soir même que Bocage l'avait renvoyé. Je fus furieux contre Bocage, le fis venir.

— Il paraît que vous avez renvoyé Pierre, commençai-je.

Voulez-vous me dire pourquoi ?

Un peu interloqué par ma colère, que pourtant je tempérais de mon mieux :

— Monsieur ne voulait pourtant pas garder chez lui un sale ivrogne, qui débauchait les meilleurs ouvriers.

— Je sais mieux que vous ceux que je désire garder.

— Un galvaudeur ! On ne sait même pas d'où qu'il vient. Dans le pays, ça ne faisait pas bon effet. Quand, une nuit, il aurait mis le feu à la grange, Monsieur aurait peut-être été content.

— Mais enfin cela me regarde, et la ferme est à moi, peut-être ; j'entends la diriger comme il me plaît. À l'avenir, vous voudrez bien me faire part de vos motifs, avant d'exécuter personne.

Bocage, je l'ai dit, m'avait connu tout enfant ; quelque blessant que fût le ton de mes paroles, il m'aimait trop pour beaucoup s'en fâcher. Et même il ne me prit pas suffisamment au sérieux. Le paysan normand demeure trop souvent sans créance pour ce dont il ne pénètre pas le mobile, c'est-à-dire pour ce que ne conduit pas l'intérêt. Bocage considérait simplement comme une lubie cette querelle.

Pourtant je ne voulus pas rompre l'entretien sur un blâme, et, sentant que j'avais été trop vif, je cherchais ce que je pourrais ajouter.

— Votre fils Charles ne doit-il pas bientôt revenir ? me décidai-je à demander après un instant de silence.

— Je pensais que Monsieur l'avait oublié, à voir comme il s'inquiétait peu après lui, dit Bocage encore blessé.

— Moi, l'oublier, Bocage ! et comment le pourrais-je, après tout ce que nous avons fait ensemble l'an passé ? Je compte même beaucoup sur lui pour les fermes.

— Monsieur est bien bon. Charles doit revenir dans huit jours.

— Allons, j'en suis heureux, Bocage ; et je le congédiai. Bocage avait presque raison : je n'avais certes pas oublié Charles, mais je ne me souciais plus de lui que fort peu. Comment expliquer qu'après une camaraderie si fougueuse, je ne sentisse plus à son égard qu'une chagrine incuriosité ? C'est que mes goûts n'étaient plus ceux de l'an passé. Mes deux fermes, il me fallait me l'avouer, ne m'intéressaient plus autant que les gens que j'y employais ; et pour les fréquenter, la présence de Charles allait être gênante. Il était bien trop raisonnable et se faisait trop respecter. Donc, malgré la vive émotion qu'éveillait en moi son souvenir, je voyais approcher son retour avec crainte.

Il revint. Ah ! que j'avais raison de craindre et que Ménalque faisait bien de renier tout souvenir ! Je vis entrer, à la place de Charles, un absurde Monsieur, coiffé d'un ridicule chapeau melon. Dieu ! qu'il était changé ! Gêné, contraint, je tâchai pourtant de ne pas répondre avec trop de froideur à la joie qu'il montrait de me revoir ; mais même cette joie me déplut ; elle était gauche et ne me parut pas sincère. Je l'avais reçu dans le salon, et, comme il était tard, je ne distinguais pas bien son visage ; mais, quand on apporta la lampe, je vis avec dégoût qu'il avait laissé pousser ses favoris.

L'entretien, ce soir-là, fut plutôt morne ; puis, comme je savais qu'il serait sans cesse sur les fermes, j'évitai, durant près de huit jours, d'y aller, et je me rabattis sur mes études et sur la société de mes hôtes. Puis, sitôt que je recommençai de sortir, je fus requis par une occupation très nouvelle :

Des bûcherons avaient envahi les bois. Chaque année, on en vendait une partie ; partagés en douze coupes égales, les bois fournissaient chaque année, avec quelques arbres de haut jet dont on n'espérait plus de croissance, un taillis de douze ans qu'on mettait en fagots.

Ce travail se faisait l'hiver, puis, avant le printemps, selon les clauses de la vente, les bûcherons devaient avoir vidé la coupe. Mais l'incurie du père Heurtevent, le marchand de bois qui dirigeait l'opération, était telle, que, parfois, le printemps entrait dans la coupe encore encombrée ; on voyait alors de nouvelles pousses fragiles s'allonger au travers des ramures mortes, et, lorsqu'enfin les bûcherons faisaient vidange, ce n'était point sans abîmer bien des bourgeons.

Cette année, la négligence du père Heurtevent, l'acheteur, passa nos craintes. En l'absence de toute surenchère, j'avais dû lui laisser la coupe à très bas prix ; aussi, sûr d'y trouver toujours son compte, se pressait-il fort peu de débiter un bois qu'il avait payé si peu cher. Et, de semaine en semaine, il différait le travail, prétextant une fois l'absence d'ouvriers, une autre fois le mauvais temps, puis un cheval malade, des prestations, d'autres travaux… que sais-je ? Si bien qu'au milieu de l'été rien n'était encore enlevé.

Ce qui, l'an précédent, m'eût irrité au plus haut point, cette année me laissait assez calme, je ne me dissimulais pas le tort que Heurtevent me faisait ; mais ces bois ainsi dévastés étaient beaux, et je m'y promenais avec plaisir, épiant, surveillant le gibier, surprenant les vipères, et, parfois, m'asseyant longuement sur un des troncs couchés, qui semblait vivre encore et par ses plaies jetait quelques vertes brindilles.

Puis, tout à coup, vers le milieu de la première quinzaine d'août, Heurtevent se décida à envoyer ses hommes. Ils vinrent six à la fois, prétendant achever tout l'ouvrage en dix jours. La partie des bois exploitée touchait presque à la Valterie ; j'acceptai, pour faciliter l'ouvrage des bûcherons, qu'on apportât leur repas de la ferme. Celui qui fut chargé de ce soin était un loustic nommé Bute, que le régiment venait de nous renvoyer tout pourri – j'entends quant à l'esprit, car son corps allait à merveille ; c'était un de ceux de mes gens avec qui je causais le plus volontiers. Je pus donc ainsi le revoir sans aller pour cela sur la ferme. Car c'est précisément alors que je recommençai de sortir. Et durant quelques jours, je ne quittai guère les bois, ne rentrant à la Morinière que pour les heures des repas, et souvent me faisant attendre. Je feignais de surveiller le travail, mais en vérité ne voyais que les travailleurs.

Il se joignait parfois, à cette bande de six hommes, deux des fils Heurtevent ; l'un âgé de vingt ans, l'autre de quinze, élancés, cambrés, les traits durs. Ils semblaient de type étranger, et j'appris plus tard, en effet, que leur mère était Espagnole. Je m'étonnai d'abord qu'elle eût pu venir jusqu'ici, mais Heurtevent, un vagabond fieffé dans sa jeunesse, l'avait, paraît-il, épousée en Espagne. Il était pour cette raison assez mal vu dans le pays. La première fois que j'avais rencontré le plus jeune des fils, c'était, il m'en souvient, sous la pluie ; il était seul, assis sur une charrette au plus haut d'un entassement de fagots ; et là, tout renversé parmi les branches, il chantait, ou plutôt gueulait, une espèce de chant bizarre et tel que je n'en avais jamais ouï dans le pays.

Les chevaux qui traînaient la charrette, connaissant le chemin, avançaient sans être conduits. Je ne puis dire l'effet que ce chant produisit sur moi ; car je n'en avais entendu de pareil qu'en Afrique. Le petit, exalté, paraissait ivre ; quand je passai, il ne me regarda même pas. Le lendemain, j'appris que c'était un fils de Heurtevent. C'était pour le revoir, ou du moins pour l'attendre que je m'attardais ainsi dans la coupe. On acheva bientôt de la vider. Les garçons Heurtevent n'y vinrent que trois fois. Ils semblaient fiers, et je ne pus obtenir d'eux une parole.

Bute, par contre, aimait à raconter ; je fis en sorte que bientôt il comprît ce qu'avec moi l'on pouvait dire ; dès lors il ne se gêna guère et déshabilla le pays. Avidement je me penchai sur mon mystère. Tout à la fois il dépassait mon espérance, et ne me satisfaisait pas. Était-ce là ce qui grondait sous l'apparence ? ou peut-être n'était-ce encore qu'une nouvelle hypocrisie ? N'importe ! Et j'interrogeais Bute, comme j'avais fait les informes chroniques des Goths. De ses récits sortait une trouble vapeur, d'abîme qui déjà me montait à la tête et qu'inquiètement je humais. Par lui, j'appris d'abord que Heurtevent couchait avec sa fille. Je craignais, si je manifestais le moindre blâme, d'arrêter toute confidence ; je souris donc ; la curiosité me poussait.

— Et la mère ? Elle ne dit rien ?

— La mère ! voilà douze ans pleins qu'elle est morte... Il la battait.

— Combien sont-ils dans la famille ?

— Cinq enfants. Vous avez vu l'aîné des fils et le plus jeune. Il y en a encore un de seize ans, qui n'est pas fort, et qui veut se faire curé. Et puis la fille aînée a déjà deux enfants du père...

Et j'appris peu à peu bien d'autres choses, qui faisaient de la maison Heurtevent un lieu brûlant, à l'odeur forte, autour duquel, malgré que j'en eusse, mon imagination, comme une mouche à viande, tournoyait : — Un soir, le fils aîné tenta de violer une jeune servante ; et comme elle se débattait, le père intervenant aida son fils, et de ses mains énormes la contint ; cependant que le second fils, à l'étage au-dessus, continuait tendrement ses prières, et que le cadet, témoin du drame, s'amusait. Pour ce qui est du viol, je me figure qu'il n'avait pas été bien difficile, car Bute racontait encore que, peu de temps après, la servante, y ayant pris goût, avait tenté de débaucher le petit prêtre.

— Et l'essai n'a pas réussi ? demandai-je.

— Il tient encore, mais plus bien dru, répondit Bute.

— N'as-tu pas dit qu'il y avait une autre fille ?

— Qui en prend bien tant qu'elle en trouve ; et encore sans demander rien. Quand ça la tient, c'est elle qui paierait plutôt. Par exemple, faudrait pas coucher chez le père ; il cognerait. Il dit comme ça qu'en famille on a le droit de faire ce qui vous plaît, mais que ça ne regarde pas les autres. Pierre, le gars de la ferme que vous avez fait renvoyer, ne s'en est pas vanté, mais, une nuit, il n'en est pas sorti sans un trou dans la tête. Depuis ce temps-là, c'est dans le bois du château qu'on travaille.

Alors, en l'encourageant du regard :

— Tu en as essayé ? demandai-je.

Il baissa les yeux pour la forme et dit en rigolant :

— Quelquefois. Puis, relevant vite les yeux : – Le petit au père Bocage aussi.

— Quel petit au père Bocage ?

— Alcide, celui qui couche sur la ferme. Monsieur ne le connaît donc pas ?

J'étais absolument stupéfait d'apprendre que Bocage avait un autre fils.

— C'est vrai, continua Bute, que, l'an passé, il était encore chez son oncle. Mais c'est bien étonnant que Monsieur ne l'ait pas déjà rencontré dans les bois ; presque tous les soirs il braconne.

Bute avait dit ces derniers mots plus bas. Il me regarda bien et je compris qu'il était urgent de sourire. Alors Bute, satisfait, continua :

— Monsieur sait parbleu bien qu'on le braconne. Bah ! les bois sont si grands que ça n'y fait pas bien du tort.

Je m'en montrai si peu mécontent que, bien vite Bute, enhardi, et, je pense aujourd'hui, heureux de desservir un peu Bocage, me montra, dans tel creux, des collets tendus par Alcide, puis m'enseigna tel endroit de la haie où je pouvais être à peu près sûr de le surprendre. C'était, sur le haut d'un talus, un étroit pertuis dans la haie qui formait lisière, et par lequel Alcide avait accoutumé de se glisser vers six heures. Là, Bute et moi, fort amusés, nous tendîmes un fil de cuivre, très joliment dissimulé. Puis, m'ayant fait jurer que je ne le dénoncerais pas, Bute partit, ne voulant pas se compromettre. Je me couchai contre le revers du talus ; j'attendis.

Et trois soirs j'attendis en vain. Je commençai à croire que Bute m'avait joué. Le quatrième soir enfin, j'entends un très léger pas approcher. Mon cœur bat et j'apprends soudain l'affreuse volupté de celui qui braconne. Le collet est si bien posé qu'Alcide y vient donner tout droit. Je le vois brusquement s'étaler, la cheville prise. Il veut se sauver ; retombe, et se débat comme un gibier. Mais déjà je le tiens. C'est un méchant galopin, à l'œil vert, aux cheveux filasse, à l'expression chafouine. Il me lance des coups de pied ; puis, immobilisé, tâche de mordre, et comme il n'y peut parvenir commence à me jeter au nez les plus extraordinaires injures que j'aie jusqu'alors entendues. À la fin, je n'y puis plus tenir ; j'éclate de rire. Alors lui s'arrête soudain, me regarde, et, d'un ton plus bas :

— Espèce de brutal, vous m'avez estropié.

— Fais voir.

Il fait glisser son bas sur ses galoches et montre sa cheville où l'on distingue à peine une légère trace un peu rose. – Ce n'est rien. – Il sourit un peu, puis, sournoisement :

— J'm'en vas le dire à mon père, que c'est vous qui tendez les collets.

— Parbleu ! c'est un des tiens.

— Ben sûr que c'est pas vous qui l'avez posé, celui-là.

— Pourquoi donc pas ?

— Vous n'sauriez pas si bien. Montrez-moi voir comment que vous faites.

— Apprends-moi.

Ce soir, je ne rentrai que bien tard pour dîner, et comme on ne savait où j'étais, Marceline était inquiète. Je ne lui racontai pourtant pas que j'avais posé six collets et que, loin de gronder Alcide, je lui avais donné dix sous.

Le lendemain, allant relever ces collets avec lui, j'eus l'amusement de trouver deux lapins pris aux pièges ; naturellement je les lui laissai. La chasse n'était pas encore ouverte. Que devenait donc ce gibier, qu'on ne pouvait montrer sans se commettre ? C'est ce qu'Alcide se refusait à m'avouer. Enfin j'appris, par Bute encore, que Heurtevent était un maître recéleur, et qu'entre Alcide et lui le plus jeune des fils commissionnait. Allais-je donc ainsi pénétrer plus avant dans cette famille farouche ? Avec quelle passion je braconnai !

Je retrouvais Alcide chaque soir ; nous prîmes des lapins en grand nombre, et même une fois un chevreuil : il vivait faiblement encore. Je ne me souviens pas sans horreur de la joie qu'eut Alcide à le tuer. Nous mîmes le chevreuil en lieu sûr, où le fils Heurtevent put venir le chercher dans la nuit.

Dès lors je ne sortis plus si volontiers le jour, où les bois vidés m'offraient moins d'attraits. Je tâchai même de travailler ; triste travail sans but – car j'avais dès la fin de mon cours refusé de continuer ma suppléance – travail ingrat, et dont me distrayait soudain le moindre chant, le moindre bruit dans la campagne ; tout cri me devenait appel. Que de fois ai-je ainsi bondi de ma lecture à ma fenêtre, pour ne voir rien du tout passer ! Que de fois, sortant brusquement... La seule attention dont je fusse capable, c'était celle de tous mes sens.

Mais quand la nuit tombait, – et la nuit, à présent déjà, tombait vite – c'était notre heure, dont je ne soupçonnais pas jusqu'alors la beauté ; et je sortais comme entrent les voleurs. Je m'étais fait des yeux d'oiseau de nuit. J'admirais l'herbe plus mouvante et plus haute, les arbres épaissis. La nuit creusait tout, éloignait, faisait le sol distant et toute surface profonde. Le plus uni sentier paraissait dangereux. On sentait s'éveiller partout ce qui vivait d'une existence ténébreuse.

— Où ton père te croit-il à présent ?
— À garder les bêtes, à l'étable.

Alcide couchait là, je le savais, tout près des pigeons et des poules ; comme on l'y enfermait le soir, il sortait par un trou du toit ; il gardait dans ses vêtements une chaude odeur de poulaille.

Puis brusquement, et sitôt le gibier récolté, il fonçait dans la nuit comme dans une trappe, sans un geste d'adieu, sans même me dire à demain. Je savais qu'avant de rentrer dans la ferme où les chiens, pour lui, se taisaient, il retrouvait le petit Heurtevent et lui remettait sa provende. Mais où ? C'est ce que mon désir ne pouvait arriver à surprendre : menaces, ruses échouèrent ; les Heurtevent ne se laissaient pas approcher. Et je ne sais où triomphait le plus ma folie : poursuivre un médiocre mystère qui reculait toujours devant moi ? peut-être même inventer le mystère, à force de curiosité ? – Mais que faisait Alcide en me quittant ? Couchait-il vraiment à la ferme ? ou seulement le faisait-il croire au fermier ? Ah ! j'avais beau me compromettre, je n'arrivais à rien qu'à diminuer encore son respect, sans augmenter sa confiance ; et cela m'enrageait et me désolait à la fois.

Lui disparu, soudain, je restais affreusement seul ; et je rentrais à travers champs, dans l'herbe lourde de rosée, ivre de nuit, de vie sauvage et d'anarchie, trempé, boueux, couvert de feuilles. De loin, dans la Morinière endormie, semblait me guider, comme un paisible phare, la lampe de ma chambre d'étude où me croyait enfermé Marceline, ou de la chambre de Marceline à qui j'avais persuadé que, sans sortir ainsi la nuit, je n'aurais pas pu m'endormir. C'était vrai : je prenais en horreur mon lit, et j'eusse préféré la grange.

Le gibier abondait cette année. Lapins, lièvres, faisans, se succédèrent. Voyant tout marcher à souhait, Bute, au bout de trois jours, prit le goût de se joindre à nous.

Le sixième soir de braconnage, nous ne retrouvâmes plus que deux collets sur douze ; une rafle avait été faite pendant le jour. Bute me demanda cent sous pour racheter du fil de cuivre, le fil de fer ne valant rien.

Le lendemain, j'eus le plaisir de voir mes dix collets chez Bocage, et je dus approuver son zèle. Le plus fort, c'est que, l'an passé, j'avais inconsidérément promis dix sous pour chaque collet saisi ; j'en dus donner cent à Bocage. Cependant, avec ses cent sous, Bute rachète du fil de cuivre. Quatre jours après, même histoire ; dix nouveaux collets sont saisis. C'est de nouveau cent sous à Bute ; de nouveau cent sous à Bocage. Et comme je le félicite :

— Ce n'est pas moi, dit-il, qu'il faut féliciter. C'est Alcide.

— Bah ! – Trop d'étonnement peut nous perdre ; je me contiens.

— Oui, continue Bocage ; que voulez-vous, Monsieur, je me fais vieux, et suis trop requis par la ferme. Le petit court les bois pour moi ; il les connaît ; il est malin, et il sait mieux que moi où chercher et trouver les pièges.

— Je le crois sans effort, Bocage.

— Alors, sur les dix sous que Monsieur donne, je lui laisse cinq sous par piège.

— Certainement il les mérite. Parbleu ! Vingt collets en cinq jours ! Il a bien travaillé. Les braconniers n'ont qu'à bien se tenir. Ils vont se reposer, je parie.

— Oh ! Monsieur, tant plus qu'on en prend, tant plus qu'on en trouve. Le gibier se vend cher cette année, et pour quelques sous que ça leur coûte...

Je suis si bien joué que pour un peu je croirais Bocage de mèche. Et ce qui me dépite en cette affaire, ce n'est pas le triple commerce d'Alcide, c'est de le voir ainsi me tromper. Et puis que font-ils de l'argent, Bute et lui ? Je n'en sais rien ; je ne saurai jamais rien de tels êtres. Ils mentiront toujours, me tromperont pour me tromper. Ce soir ce n'est pas cent sous, c'est dix francs que je donne à Bute : je l'avertis que c'est pour la dernière fois et que si les collets sont repris, c'est tant pis.

Le lendemain, je vois venir Bocage ; il semble très gêné ; je le deviens aussitôt plus que lui. Que s'est-il donc passé ? Et Bocage m'apprend que Bute n'est rentré qu'au petit matin sur la ferme ; Bute est soûl comme un Polonais ; aux premiers mots que lui a dits Bocage, Bute l'a salement insulté, puis s'est jeté sur lui, l'a frappé.

— Enfin, me dit Bocage, je venais savoir si Monsieur m'autorise (il reste un instant sur le mot), m'autorise à le renvoyer.

— Je vais y réfléchir, Bocage. Je suis très désolé qu'il vous ait manqué de respect. Je vois. Laissez-moi seul y réfléchir ; et revenez ici dans deux heures. – Bocage sort.

Garder Bute, c'est manquer péniblement à Bocage ; chasser Bute, c'est le pousser à se venger. Tant pis ; advienne que pourra ; aussi bien suis-je le seul coupable. Et dès que Bocage revient :

— Vous pouvez dire à Bute qu'on ne veut plus le voir ici.

Puis j'attends. Que fait Bocage ? Que dit Bute ? – Et le soir seulement j'ai quelques échos du scandale. Bute a parlé. Je le comprends d'abord par les cris que j'entends chez Bocage ; c'est le petit Alcide qu'on bat. Bocage va venir ; il vient ; j'entends son vieux pas approcher et mon cœur bat plus fort encore qu'il ne battait pour le gibier. L'insupportable instant ! Tous les grands sentiments seront de mise ; je vais être forcé de le prendre au sérieux. Quelles explications inventer ? Comme je vais jouer mal ! Ah ! je voudrais rendre mon rôle... Bocage entre. Je ne comprends strictement rien à ce qu'il dit. C'est absurde : je dois le faire recommencer. À la fin je distingue ceci : Il croit que Bute est seul coupable ; l'incroyable vérité lui échappe ; que j'aie donné dix francs à Bute, et pour quoi faire ? Il est trop Normand pour l'admettre. Les dix francs, Bute les a volés, c'est sûr ; en prétendant que je les ai donnés, il ajoute au vol le mensonge ; histoire d'abriter son vol ; ce n'est pas à Bocage qu'on en fait accroire. Du braconnage il n'en est plus question. Si Bocage battait Alcide, c'est parce que le petit découchait.

Allons ! je suis sauvé ; devant Bocage au moins tout va bien. Quel imbécile que ce Bute ! Certes, ce soir je n'ai pas grand désir de braconner.

Je croyais déjà tout fini, mais, une heure après, voici Charles. Il n'a pas l'air de plaisanter ; de loin déjà il paraît plus rasant que son père. Dire que l'an passé...

— Eh bien ! Charles, voilà longtemps qu'on ne t'a vu.

— Si Monsieur tenait à me voir, il n'avait qu'à venir sur la ferme. Ce n'est parbleu ni des bois ni de la nuit que j'ai affaire.

— Ah ! ton père t'a raconté...

— Mon père ne m'a rien raconté parce que mon père ne sait rien. Qu'a-t-il besoin d'apprendre, à son âge, que son maître se fiche de lui ?

— Attention, Charles ! tu vas trop loin…

— Oh ! parbleu, vous êtes le maître ! et vous faites ce qui vous plaît.

— Charles, tu sais parfaitement que je ne me suis moqué de personne, et si je fais ce qui me plaît c'est que cela ne nuit qu'à moi.

Il eut un léger haussement d'épaules.

— Comment voulez-vous qu'on défende vos intérêts, quand vous les attaquez vous-même ? Vous ne pouvez protéger à la fois le garde et le braconnier.

— Pourquoi ?

— Parce qu'alors… ah ! tenez, Monsieur, tout cela, c'est trop malin pour moi, et simplement cela ne me plaît pas de voir mon maître faire bande avec ceux qu'on arrête, et défaire avec eux le travail qu'on a fait pour lui.

Et Charles dit cela d'une voix de plus en plus assurée. Il se tient presque noblement. Je remarque qu'il a fait couper ses favoris. Ce qu'il dit est d'ailleurs assez juste. Et comme je me tais (que lui dirais-je ?), il continue :

— Qu'on ait des devoirs envers ce qu'on possède, Monsieur me l'enseignait l'an dernier, mais semble l'avoir oublié. Il faut prendre ces devoirs au sérieux et renoncer à jouer avec… ou alors c'est qu'on ne méritait pas de posséder.

Un silence.

— C'est tout ce que tu avais à dire ?

— Pour ce soir, oui, Monsieur ; mais un autre soir, si Monsieur m'y pousse, peut-être viendrai-je dire à Monsieur que mon père et moi quittons la Morinière.

Et il sort en me saluant très bas. À peine si je prends le temps de réfléchir :

— Charles ! – Il a parbleu raison… Oh ! Oh ! Mais si c'est là ce qu'on appelle posséder !… Charles. Et je cours après lui ; je le rattrape dans la nuit, et, très vite, comme pour assurer ma décision subite :

— Tu peux annoncer à ton père que je mets la Morinière en vente.

Charles salue gravement et s'éloigne sans dire un mot. Tout cela est absurde absurde !

Marceline ce soir ne peut descendre pour dîner et me fait dire qu'elle est souffrante. Je monte en hâte et plein d'anxiété dans sa chambre. Elle me rassure aussitôt. « Ce n'est qu'un rhume », espère-t-elle. Elle a pris froid.

— Pourtant, dès le premier frisson, j'ai mis mon châle.

— Tu ne pouvais donc pas te couvrir ?

— Ce n'est pas après le frisson qu'il fallait le mettre, c'est avant.

Elle me regarde, essaye de sourire. Ah ! peut-être une journée si mal commencée me dispose-t-elle à l'angoisse ; elle m'aurait dit à haute voix : « Tiens-tu donc tant à ce que je vive ? » je ne l'aurais pas mieux entendue. Décidément tout se défait autour de moi ; de tout ce que ma main saisit, ma main ne sait rien retenir. Je m'élance vers Marceline et couvre de baisers ses tempes pâles. Alors elle ne se retient plus et sanglote sur mon épaule.

— Oh ! Marceline ! Marceline ! partons d'ici. Ailleurs je t'aimerai comme je t'aimais à Sorrente. Tu m'as cru changé, n'est-ce pas ? Mais, ailleurs, tu sentiras bien que rien n'a changé notre amour.

Et je ne guéris pas encore sa tristesse, mais déjà, comme elle se raccroche à l'espoir !

La saison n'était pas avancée, mais il faisait humide et froid, et déjà les derniers boutons des rosiers pourrissaient sans pouvoir éclore. Nos invités nous avaient quittés depuis longtemps. Marceline était si souffrante qu'elle ne put s'occuper de fermer la maison, et cinq jours après nous partîmes.

TROISIÈME PARTIE

Je tâchai donc, et encore une fois, de refermer ma main sur mon amour. Mais qu'avais-je besoin de tranquille bonheur ? Celui que me donnait et que représentait pour moi Marceline, était comme un repos pour qui ne se sent pas fatigué. Mais comme je sentais qu'elle était lasse et qu'elle avait besoin de mon amour, je l'en enveloppai et feignis que ce fût par le besoin que j'en avais moi-même. Je sentais intolérablement sa souffrance ; c'était pour l'en guérir que je l'aimais.

Ah ! soins passionnés, tendres veilles ! Comme d'autres exaspèrent leur foi en en exagérant les pratiques, ainsi développai-je mon amour. Et Marceline se reprenait, vous dis-je, aussitôt à l'espoir. En elle il y avait encore tant de jeunesse ; en moi tant de promesses, croyait-elle. Nous nous enfuîmes de Paris comme pour de nouvelles noces. Mais, dès le premier jour du voyage, elle commença d'aller beaucoup plus mal : dès Neuchâtel il nous fallut nous arrêter.

Comme j'aimai ce lac aux rives glauques ! sans rien d'alpestre, et dont les eaux, comme celles d'un marécage, longtemps se mêlent à la terre, et filtrent entre les roseaux. Je pus trouver pour Marceline, dans un hôtel très confortable, une chambre ayant vue sur le lac ; je ne la quittai pas de tout le jour.

Elle allait si peu bien que dès le lendemain je fis venir un docteur de Lausanne. Il s'inquiéta, bien inutilement, de savoir si déjà, dans la famille de ma femme, je connaissais d'autres cas de tuberculose. Je répondis que oui ; pourtant je n'en connaissais pas ; mais il me déplaisait de dire que moi-même j'avais été presque condamné pour cela, et qu'avant de m'avoir soigné, Marceline n'avait jamais été malade. Et je rejetai tout sur l'embolie, bien que le médecin n'y voulût rien voir qu'une cause occasionnelle et m'affirmât que le mal datait de plus loin. Il nous conseilla vivement le grand air des hautes Alpes, où Marceline, affirmait-il, guérirait ; et comme précisément mon désir était de passer tout l'hiver en Engadine, sitôt que Marceline fut assez bien pour supporter le voyage, nous repartîmes.

Je me souviens comme d'événements de chaque sensation de la route. Le temps était limpide et froid ; nous avions emporté les plus chaudes fourrures. À Coire, le vacarme incessant de l'hôtel nous empêcha presque complètement de dormir. J'aurais pris gaiement mon parti d'une nuit blanche dont je ne me serais pas senti fatigué ; mais Marceline... Et je ne m'irritai point tant contre ce bruit que de ce qu'elle n'eût su trouver, et malgré ce bruit, le sommeil. Elle en eût eu si grand besoin ! Le lendemain, nous partîmes dès avant l'aube ; nous avions retenu les places du coupé dans la diligence de Coire ; les relais bien organisés permettent de gagner Saint-Moritz en un jour.

Tiefenkasten, le Julier, Samaden... Je me souviens de tout, heure par heure ; de la qualité très nouvelle et de l'inclémence de l'air ; du son des grelots des chevaux ; de ma faim ; de la halte à midi devant l'auberge ; de l'œuf cru que je crevai dans la soupe, du pain bis et de la froideur du vin aigre. Ces mets grossiers convenaient mal à Marceline ; elle ne put manger à peu près rien que quelques biscuits secs qu'heureusement j'avais eu soin de prendre pour la route. Je revois la tombée du jour, la rapide ascension de l'ombre contre les pentes des forêts ; puis une halte encore. L'air devient toujours plus vif et plus cru. Quand la diligence s'arrête, on plonge jusqu'au cœur de la nuit et dans le silence limpide ; limpide... il n'y a pas d'autre mot. Le moindre bruit prend sur cette transparence étrange sa qualité parfaite et sa pleine sonorité. On repart dans la nuit. Marceline tousse... Oh ! n'arrêtera-t-elle pas de tousser ? Je resonge à la diligence de Sousse. Il me semble que je toussais mieux que cela. Elle fait trop d'efforts... Comme elle paraît faible et changée ; dans l'ombre, ainsi, je la reconnaîtrais à peine. Que ses traits sont tirés ! Est-ce que l'on voyait ainsi les deux trous noirs de ses narines ? — Elle tousse affreusement. C'est le plus clair résultat de ses soins. J'ai horreur de la sympathie ; toutes les contagions s'y cachent ; on ne devrait sympathiser qu'avec les forts. — Oh ! vraiment elle n'en peut plus ! N'arriverons-nous pas bientôt ?... Que fait-elle ?... Elle prend son mouchoir ; le porte à ses lèvres ; se détourne... Horreur ! est-ce qu'elle aussi va cracher le sang ? — Brutalement j'arrache le mouchoir de ses mains. Dans la demi-clarté de la lanterne, je regarde... Rien. Mais j'ai trop montré mon angoisse ; Marceline tristement s'efforce de sourire et murmure :

— Non ; pas encore.

Enfin nous arrivons. Il n'est que temps ; elle se tient à peine. Les chambres qu'on nous a préparées ne me satisfont pas ; nous y passerons la nuit, puis demain nous changerons. Rien ne me paraît assez beau ni trop cher. Et comme la saison d'hiver n'est pas encore commencée, l'immense hôtel se trouve à peu près vide ; je peux choisir. Je prends deux chambres spacieuses, claires et simplement meublées ; un grand salon y attenant, se terminant en large bow-window d'où l'on peut voir et le hideux lac bleu, et je ne sais quel mont brutal, aux pentes trop boisées ou trop nues. C'est là qu'on nous servira nos repas. L'appartement est hors de prix, mais que m'importe ! Je n'ai plus mon cours, il est vrai, mais fais vendre la Morinière. Et puis nous verrons bien. D'ailleurs, qu'ai-je besoin d'argent ? Qu'ai-je besoin de tout cela ? Je suis devenu fort, à présent. Je pense qu'un complet changement de fortune doit éduquer autant qu'un complet changement de santé. Marceline, elle, a besoin de luxe ; elle est faible. Ah ! pour elle je veux dépenser tant et tant que… Et je prenais tout à la fois l'horreur et le goût de ce luxe. J'y lavais, j'y baignais ma sensualité, puis la souhaitais vagabonde.

Cependant Marceline allait mieux, et mes soins constants triomphaient. Comme elle avait peine à manger, je commandais, pour stimuler son appétit, des mets délicats, séduisants ; nous buvions les vins les meilleurs. Je me persuadais qu'elle y prenait grand goût, tant m'amusaient ces crus étrangers que nous expérimentions chaque jour. Ce furent d'âpres vins du Rhin ; des Tokay presque sirupeux qui m'emplirent de leur vertu capiteuse. Je me souviens d'un bizarre Barba-Grisca, dont il ne restait plus qu'une bouteille, de sorte que je ne pus savoir si le goût saugrenu qu'il avait se serait retrouvé dans les autres.

Chaque jour nous sortions en voiture ; puis en traîneau, lorsque la neige fut tombée, enveloppés jusqu'au cou de fourrures. Je rentrais le visage en feu, plein d'appétit, puis de sommeil. Cependant je ne renonçais pas à tout travail et trouvais chaque jour plus d'une heure où méditer sur ce que je sentais devoir dire. D'histoire il n'était plus question ; depuis longtemps déjà, mes études historiques ne m'intéressaient plus que comme un moyen d'investigation psychologique. J'ai dit comment j'avais pu m'éprendre à nouveau du passé, quand j'y avais cru voir de troubles ressemblances ; j'avais osé prétendre, à force de presser les morts, obtenir d'eux quelque secrète indication sur la vie. À présent le jeune Athalaric lui-même pouvait, pour me parler, se lever de sa tombe ; je n'écoutais plus le passé. Et comment une antique réponse eût-elle satisfait à ma nouvelle question : Qu'est-ce que l'homme peut encore ? Voilà ce qu'il m'importait de savoir. Ce que l'homme a dit jusqu'ici, est-ce tout ce qu'il pouvait dire ? N'a-t-il rien ignoré de lui ? Ne lui reste-t-il qu'à redire ?… Et chaque jour croissait en moi le confus sentiment de richesses intactes, que couvraient, cachaient, étouffaient les cultures, les décences, les morales.

Il me semblait alors que j'étais né pour une sorte inconnue de trouvailles ; et je me passionnais étrangement dans ma recherche ténébreuse, pour laquelle je sais que le chercheur devait abjurer et repousser de lui culture, décence et morale.

J'en venais à ne goûter plus en autrui que les manifestations les plus sauvages, à déplorer qu'une contrainte quelconque les réprimât. Pour un peu je n'eusse vu dans l'honnêteté que restrictions, conventions ou peur. Il m'aurait plu de la chérir comme une difficulté rare ; nos mœurs en avaient fait la forme mutuelle et banale d'un contrat. En Suisse, elle fait partie du confort. Je comprenais que Marceline en eût besoin, mais ne lui cachais pourtant pas le cours nouveau de mes pensées. À Neuchâtel déjà, comme elle louangeait cette honnêteté qui transpire là-bas des murs et des visages :

— La mienne me suffit amplement, repartis-je ; j'ai les honnêtes gens en horreur. Si je n'ai rien à craindre d'eux, je n'ai non plus rien à apprendre. Et eux n'ont d'ailleurs rien à dire... Honnête peuple suisse ! Se porter bien ne lui vaut rien. Sans crimes, sans histoire, sans littérature, sans arts, c'est un robuste rosier, sans épines ni fleurs.

Et que ce pays honnête m'ennuyât, c'est ce que je savais d'avance, mais au bout de deux mois, cet ennui devenant une sorte de rage, je ne songeai plus qu'à partir.

Nous étions à la mi-janvier. Marceline allait mieux, beaucoup mieux : la petite fièvre continue qui lentement la minait s'était éteinte ; un sang plus frais recolorait ses joues ; elle marchait de nouveau volontiers, quoique peu ; n'était plus comme avant constamment lasse. Je n'eus pas trop grand-peine à la persuader que tout le bénéfice de cet air tonique était acquis, que rien ne lui serait meilleur à présent que de descendre en Italie, où la tiède faveur du printemps achèverait de la guérir – et surtout je n'eus pas grand-peine à m'en persuader moi-même, tant j'étais las de ces hauteurs.

Et pourtant, à présent que, dans mon désœuvrement, le passé détesté reprend sa force, entre tous, ces souvenirs m'obsèdent. Courses rapides en traîneau, cinglement joyeux de l'air sec, éclaboussement de la neige, appétit ; marche incertaine dans le brouillard, sonorités bizarres des voix, brusque apparition des objets ; lectures dans le salon bien calfeutré, paysage à travers la vitre, paysage glacé ; tragique attente de la neige ; disparition du monde extérieur, voluptueux blottissement des pensées... Ô patiner encore avec elle, là-bas, seuls, sur ce petit lac pur, entouré de mélèzes, perdu ; puis rentrer avec elle, le soir...

La descente en Italie eut pour moi tous les vertiges d'une chute. Il faisait beau. À mesure que nous enfoncions dans l'air plus tiède et plus dense, les arbres rigides des sommets, mélèzes et sapins réguliers, faisaient place à une végétation riche de molle grâce et d'aisance. Il me semblait quitter l'abstraction pour la vie, et, bien que nous fussions en hiver, j'imaginais partout des parfums. Ah ! depuis trop longtemps nous n'avions plus ri qu'à des ombres ! Ma privation me grisait, et c'est de soif que j'étais ivre, comme d'autres sont ivres de vin. L'épargne de ma vie était admirable ; au seuil de cette terre tolérante et prometteuse, tous mes appétits éclataient. Une énorme réserve d'amour me gonflait ; parfois elle affluait du fond de ma chair vers ma tête et dévergondait mes pensées.

Cette illusion de printemps dura peu. Le brusque changement d'altitude m'avait pu troubler un instant, mais, dès que nous eûmes quitté les rives abritées des lacs, Bellagio, Côme où nous nous attardâmes quelques jours, nous trouvâmes l'hiver et la pluie. Le froid que nous supportions bien en Engadine, non plus sec et léger comme sur les hauteurs, mais humide à présent et maussade, commença de nous faire souffrir. Marceline se remit à tousser. Alors, pour fuir le froid, nous descendîmes plus au Sud : nous quittâmes Milan pour Florence, Florence pour Rome, Rome pour Naples qui, sous la pluie d'hiver, est bien la plus lugubre ville que je connaisse. Je traînais un ennui sans nom. Nous revînmes à Rome, chercher, à défaut de chaleur, un semblant de confort. Sur le Monte Pincio nous louâmes un appartement trop vaste, mais admirablement situé. À Florence déjà, mécontents des hôtels, nous avions loué pour trois mois une exquise villa sur le Viale dei Celli. Un autre y aurait souhaité toujours vivre. Nous n'y restâmes pas vingt jours. À chaque nouvelle étape pourtant, j'avais soin d'aménager tout, comme si nous ne devions plus repartir. Un démon plus fort me poussait. Ajoutez à cela que nous n'emportions pas moins de huit malles. Il y en avait une, uniquement pleine de livres, et que, durant tout le voyage, je n'ouvris pas même une fois.

Je n'admettais pas que Marceline s'occupât de nos dépenses, ni tentât de les modérer. Qu'elles fussent excessives, certes, je le savais, et qu'elles ne pourraient durer. Je cessais de compter sur l'argent de la Morinière ; elle ne rapportait plus rien et Bocage écrivait qu'il ne trouvait pas d'acquéreur. Mais toute considération d'avenir n'aboutissait qu'à me faire dépenser davantage. Ah ! qu'aurais-je besoin de tant, une fois seul ? pensais-je, et j'observais, plein d'angoisse et d'attente, diminuer, plus vite encore que ma fortune, la frêle vie de Marceline.

Bien qu'elle se reposât sur moi de tous les soins, ces déplacements précipités la fatiguaient ; mais ce qui la fatiguait davantage, j'ose bien à présent me l'avouer, c'était la peur de ma pensée.

— Je vois bien, me dit-elle un jour, – je comprends bien votre doctrine – car c'est une doctrine à présent. Elle est belle, peut-être, – puis elle ajouta plus bas, tristement : Mais elle supprime les faibles.

— C'est ce qu'il faut, répondis-je aussitôt malgré moi.

Alors il me parut sentir, sous l'effroi de ma brutale parole, cet être délicat se replier et frissonner. Ah ! peut-être allez-vous penser que je n'aimais pas Marceline. Je jure que je l'aimais passionnément. Jamais elle n'avait été et ne m'avait paru si belle. La maladie avait subtilisé et comme extasié ses traits. Je ne la quittais presque plus, l'entourais de soins continus, protégeais, veillais chaque instant et de ses jours et de ses nuits. Si léger que fût son sommeil, j'exerçai mon sommeil à rester plus léger encore ; je la surveillais s'endormir et je m'éveillais le premier. Quand, parfois, la quittant une heure, je voulais marcher seul dans la campagne ou dans les rues, je ne sais quel souci d'amour et la crainte de son ennui me rappelaient vite auprès d'elle ; et parfois j'appelais à moi ma volonté, protestais contre cette emprise, me disais : n'est-ce que cela que tu vaux, faux grand homme ! – et me contraignais à faire durer mon absence ; mais je rentrais alors les bras chargés de fleurs, fleurs de jardin précoce ou fleurs de serre... Oui, vous dis-je ; je la chérissais tendrement. Mais comment exprimer ceci ?... À mesure que je me respectais moins, je la vénérais davantage ; – et qui dira combien de passions et combien de pensées ennemies peuvent cohabiter en l'homme ?...

Depuis longtemps déjà le mauvais temps avait cessé ; la saison s'avançait ; et brusquement les amandiers fleurirent. C'était le premier mars. Je descends au matin sur la place d'Espagne. Les paysans ont dépouillé de ses rameaux blancs la campagne, et les fleurs d'amandiers chargent les paniers des vendeurs. Mon ravissement est tel que j'en achète tout un bosquet. Trois hommes me l'apportent. Je rentre avec tout ce printemps. Les branches s'accrochent aux portes ; des pétales neigent sur le tapis. J'en mets partout, dans tous les vases ; j'en blanchis le salon, dont Marceline, pour l'instant, est absente. Déjà je me réjouis de sa joie. Je l'entends venir. La voici. Elle ouvre la porte. Qu'a-t-elle ?... Elle chancelle... Elle éclate en sanglots.

— Qu'as-tu, ma pauvre Marceline... Je m'empresse auprès d'elle, la couvre de tendres caresses. Alors, comme pour s'excuser de ses larmes :

— L'odeur de ces fleurs me fait mal, dit-elle. Et c'était une fine, fine, une discrète odeur de miel. Sans rien dire, je saisis ces innocentes branches fragiles, les brise, les emporte, les jette, exaspéré, le sang aux yeux. – Ah ! si déjà ce peu de printemps, elle ne le peut plus supporter !…

Je repense souvent à ces larmes et je crois maintenant que, déjà se sentant condamnée, c'est de regret d'autres printemps qu'elle pleurait. Je pense aussi qu'il est de fortes joies pour les forts, et de faibles joies pour les faibles que les fortes joies blesseraient. Elle, un rien de plaisir la soûlait ; un peu d'éclat de plus, et elle ne le pouvait plus supporter. Ce qu'elle appelait le bonheur, c'est ce que j'appelais le repos, et moi je ne voulais ni ne pouvais me reposer.

Quatre jours après, nous repartîmes pour Sorrente. Je fus déçu de n'y trouver pas plus de chaleur. Tout semblait grelotter. Le vent qui n'arrêtait pas de souffler fatiguait beaucoup Marceline. Nous avions voulu descendre au même hôtel qu'à notre précédent voyage ; nous retrouvions la même chambre. Nous regardions avec étonnement, sous le ciel terne, tout le décor désenchanté, et le morne jardin de l'hôtel qui nous paraissait si charmant quand s'y promenait notre amour.

Nous résolûmes de gagner par mer Palerme dont on nous vantait le climat ; nous rentrâmes à Naples où nous devions nous embarquer et où nous nous attardâmes encore. Mais à Naples du moins je ne m'ennuyais pas. Naples est une ville vivante où ne s'impose pas le passé.

Presque tous les instants du jour je restais près de Marceline. La nuit, elle se couchait tôt, étant lasse ; je la surveillais s'endormir, et parfois me couchais moi-même, puis, quand son souffle plus égal m'avertissait qu'elle dormait, je me relevais sans bruit, je me rhabillais sans lumière ; je me glissais dehors comme un voleur.

Dehors ! oh ! j'aurais crié d'allégresse. Qu'allais-je faire ? Je ne sais pas. Le ciel, obscur le jour, s'était délivré des nuages ; la lune presque pleine luisait. Je marchais au hasard, sans but, sans désir, sans contrainte. Je regardais tout d'un œil neuf ; j'épiais chaque bruit, d'une oreille plus attentive ; je humais l'humidité de la nuit ; je posais ma main sur des choses ; je rôdais.

Le dernier soir que nous restions à Naples, je prolongeai cette débauche vagabonde. En rentrant, je trouvai Marceline en larmes. Elle avait eu peur, me dit-elle, s'étant brusquement réveillée et ne m'ayant plus senti là. Je la tranquillisai, expliquai de mon mieux mon absence et me promis de ne plus la quitter. Mais dès la première nuit de Palerme, je n'y pus tenir ; je sortis. Les premiers orangers fleurissaient ; le moindre souffle en apportait l'odeur.

Nous ne restâmes à Palerme que cinq jours ; puis, par un grand détour, regagnâmes Taormine que tous deux désirions revoir. Ai-je dit que le village est assez haut perché dans la montagne ? La gare est au bord de la mer. La voiture qui nous conduisit à l'hôtel dut me ramener aussitôt vers la gare, où j'allais réclamer nos malles. Je m'étais mis debout dans la voiture pour causer avec le cocher. C'était un petit Sicilien de Catane, beau comme un vers de Théocrite, éclatant, odorant, savoureux comme un fruit.

— Com'è bella la Signora ! dit-il d'une voix charmante en regardant s'éloigner Marceline.

— Anche tu sei bello, ragazzo, répondis-je ; et, comme j'étais penché vers lui, je n'y pus tenir et, bientôt, l'attirant contre moi, l'embrassai. Il se laissa faire en riant.

— I Francesi sono tutti amanti, dit-il.

— Ma non tutti gli Italiani amati, repartis-je en riant aussi. Je le cherchai les jours suivants, mais ne pus parvenir à le revoir.

Nous quittâmes Taormine pour Syracuse. Nous redéfaisions pas à pas notre premier voyage, remontions vers le début de notre amour. Et de même que de semaine en semaine, lors de notre premier voyage, je marchais vers la guérison, de semaine en semaine, à mesure que nous avancions vers le Sud, l'état de Marceline empirait.

Par quelle aberration, quel aveuglement obstiné, quelle volontaire folie, me persuadai-je, et surtout tâchai-je de lui persuader qu'il lui fallait plus de lumière encore et de chaleur, invoquai-je le souvenir de ma convalescence à Biskra ?... L'air s'était attiédi pourtant ; la baie de Palerme est clémente et Marceline s'y plaisait. Là, peut-être, elle aurait... Mais étais-je maître de choisir mon vouloir ? de décider de mon désir ?

À Syracuse, l'état de la mer et le service irrégulier des bateaux nous força d'attendre huit jours. Tous les instants que je ne passai pas près de Marceline, je les passai dans le vieux port. Ô petit port de Syracuse ! odeurs de vin suri, ruelles boueuses, puante échoppe où roulaient débardeurs, vagabonds, mariniers avinés. La société des pires gens m'était compagnie délectable. Et qu'avais-je besoin de comprendre bien leur langage, quand toute ma chair le goûtait. La brutalité de la passion y prenait encore à mes yeux un hypocrite aspect de santé, de vigueur. Et j'avais beau me dire que leur vie misérable ne pouvait avoir pour eux le goût qu'elle prenait pour moi... Ah ! j'eusse voulu rouler avec eux sous la table et ne me réveiller qu'au frisson triste du matin. Et j'exaspérais auprès d'eux ma grandissante horreur du luxe, du confort, de ce dont je m'étais entouré, de cette protection que ma neuve santé avait su me rendre inutile, de toutes ces précautions que l'on prend pour préserver son corps du contact hasardeux de la vie. J'imaginais plus loin leur existence. J'eusse voulu plus loin les suivre, et pénétrer dans leur ivresse... Puis soudain je revoyais Marceline. Que faisait-elle en cet instant ? Elle souffrait, pleurait peut-être... Je me levais en hâte, je courais ; je rentrais à l'hôtel, où semblait écrit sur la porte : Ici, les pauvres n'entrent pas.

Marceline m'accueillait toujours de même ; sans un mot de reproche ou de doute, et s'efforçant malgré tout de sourire. Nous prenions nos repas à part ; je lui faisais servir tout ce que le médiocre hôtel pouvait réserver de meilleur. Et pendant le repas je pensais : un morceau de pain, de fromage, un pied de fenouil leur suffit et me suffirait comme à eux. Et peut-être que là, là tout près, il en est qui ont faim et qui n'ont même pas cette maigre pitance. Et voici sur ma table de quoi les rassasier pour trois jours ! J'eusse voulu crever les murs, laisser affluer les convives. Car sentir souffrir de la faim me devenait angoisse affreuse. Et je regagnais le vieux port où je répandais au hasard les menues pièces dont j'avais les poches emplies.

La pauvreté de l'homme est esclave ; pour manger, elle accepte un travail sans plaisir ; tout travail qui n'est pas joyeux est détestable, pensais-je, et je payais le repos de plusieurs. Je disais : – Ne travaille donc pas : ça t'ennuie. Je rêvais pour chacun ce loisir sans lequel ne peut s'épanouir aucune nouveauté, aucun vice, aucun art.

Marceline ne se méprenait pas sur ma pensée ; quand je revenais du vieux port, je ne lui cachais pas quels tristes gens m'y entouraient. Tout est dans l'homme. Marceline entrevoyait bien ce que je m'acharnais à découvrir ; et comme je lui reprochais de croire trop souvent à des vertus qu'elle inventait à mesure en chaque être :

— Vous, vous n'êtes content, me dit-elle, que quand vous leur avez fait montrer quelque vice. Ne comprenez-vous pas que notre regard développe, exagère en chacun le point sur lequel il s'attache, et que nous le faisons devenir ce que nous prétendons qu'il est ?

J'eusse voulu qu'elle n'eût pas raison, mais devais bien m'avouer qu'en chaque être, le pire instinct me paraissait le plus sincère. Puis, qu'appelais-je sincérité ?

Nous quittâmes enfin Syracuse. Le souvenir et le désir du Sud m'obsédait. Sur mer, Marceline alla mieux... Je revois le ton de la mer. Elle est si calme que le sillage du navire semble y durer. J'entends les bruits d'égouttement, les bruits liquides ; le lavage du pont, et sur les planches le claquement des pieds nus des laveurs. Je revois Malte toute blanche ; l'approche de Tunis... Comme je suis changé !

Il fait chaud. Il fait beau. Tout est splendide. Ah! je voudrais qu'en chaque phrase, ici, toute une moisson de volupté se distille. En vain chercherais-je à présent à imposer à mon récit plus d'ordre qu'il n'y en eut dans ma vie. Assez longtemps j'ai cherché de vous dire comment je devins qui je suis. Ah! désembarrasser mon esprit de cette insupportable logique!... Je ne sens rien que de noble en moi.

Tunis. Lumière plus abondante que forte. L'ombre en est encore remplie. L'air lui-même semble un fluide lumineux où tout baigne, où l'on plonge, où l'on nage. Cette terre de volupté satisfait mais n'apaise pas le désir, et toute satisfaction l'exalte.

Terre en vacance d'œuvres d'art. Je méprise ceux qui ne savent reconnaître la beauté que transcrite déjà et toute interprétée. Le peuple arabe a ceci d'admirable que, son art, il le vit, il le chante et le dissipe au jour le jour ; il ne le fixe point et ne l'embaume en aucune œuvre. C'est la cause et l'effet de l'absence de grands artistes. J'ai toujours cru les grands artistes ceux qui osent donner droit de beauté à des choses si naturelles qu'elles font dire après à qui les voit : « Comment n'avais-je pas compris jusqu'alors que cela aussi était beau ?... »

À Kairouan, que je ne connaissais pas encore, et où j'allai sans Marceline, la nuit était très belle. Au moment de rentrer dormir à l'hôtel, je me souvins d'un groupe d'Arabes couchés en plein air sur les nattes d'un petit café. Je m'en fus dormir tout contre eux. Je revins couvert de vermine.

La chaleur moite de la côte affaiblissant beaucoup Marceline, je lui persuadai que ce qu'il nous fallait, c'était de gagner Biskra au plus vite. Nous étions au début d'avril.

Ce voyage est très long. Le premier jour, nous gagnons d'une traite Constantine ; le second jour, Marceline est très lasse et nous n'allons que jusqu'à El Kantara. Là nous avons cherché et nous avons trouvé vers le soir une ombre plus délicieuse et plus fraîche que la clarté de la lune, la nuit. Elle était comme un breuvage intarissable ; elle ruisselait jusqu'à nous. Et du talus où nous étions assis, on voyait la plaine embrasée. Cette nuit, Marceline ne peut dormir ; l'étrangeté du silence et des moindres bruits l'inquiète. Je crains qu'elle n'ait un peu de fièvre. Je l'entends se remuer sur son lit. Le lendemain, je la trouve plus pâle. Nous repartons.

Biskra. C'est donc là que je veux en venir. Oui ; voici le jardin public ; le banc... je reconnais le banc où je m'assis aux premiers jours de ma convalescence. Qu'y lisais-je donc ?... Homère ; depuis je ne l'ai pas rouvert. – Voici l'arbre dont j'allai palper l'écorce. Que j'étais faible, alors !... Tiens ! voici des enfants... Non, je n'en reconnais aucun. Que Marceline est grave ! Elle est aussi changée que moi. Pourquoi tousse-t-elle, par ce beau temps ? – Voici l'hôtel. Voici nos chambres ; nos terrasses.

— Que pense Marceline ? Elle ne m'a pas dit un mot. – Sitôt arrivée dans sa chambre, elle s'étend sur le lit ; elle est lasse et dit vouloir dormir un peu. Je sors.

Je ne reconnais pas les enfants, mais les enfants me reconnaissent. Prévenus de mon arrivée, tous accourent. Est-il possible que ce soient eux ? Quelle déconvenue ! Que s'est-il donc passé ? Ils ont affreusement grandi... En à peine un peu plus de deux ans – cela n'est pas possible... quelles fatigues, quels vices, quelles paresses, ont déjà mis tant de laideur sur ces visages, où tant de jeunesse éclatait ? Quels travaux vils ont déjeté si tôt ces beaux corps ? Il y a là comme une banqueroute... Je questionne. Bachir est garçon plongeur d'un café ; Ashour gagne à grand-peine quelques sous à casser les cailloux des routes ; Hammatar a perdu un œil. Qui l'eût cru : Sadeck s'est rangé ; il aide un frère aîné à vendre des pains au marché ; il semble devenu stupide. Agib s'est établi boucher près de son père ; il engraisse ; il est laid ; il est riche ; il ne veut plus parler à ses compagnons déclassés... Que les carrières honorables abêtissent ! Vais-je donc retrouver chez eux ce que je haïssais parmi nous ? – Boubaker ? – Il s'est marié. Il n'a pas quinze ans. C'est grotesque. – Non, pourtant ; je l'ai revu le soir. Il s'explique : son mariage n'est qu'une frime. C'est, je crois, un sacré débauché ! Mais il boit ; se déforme... Et voilà donc tout ce qui reste ? Voilà donc ce qu'en fait la vie ! – Je sens à mon intolérable tristesse que c'était beaucoup eux que je venais revoir. – Ménalque avait raison : le souvenir est une invention de malheur.

Et Moktir ? – Ah ! celui-là sort de prison. Il se cache. Les autres ne fraient plus avec lui. Je voudrais le revoir. Il était le plus beau d'eux tous ; va-t-il me décevoir aussi ?... On le retrouve. On me l'amène. – Non ! celui-là n'a pas failli. Même mon souvenir ne me le représentait pas si superbe. Sa force et sa beauté sont parfaites. En me reconnaissant, il sourit.

— Et que faisais-tu donc avant d'être en prison ?
— Rien.
— Tu volais ? Il proteste.
— Que fais-tu maintenant ? Il sourit.
— Eh ! Moktir ! si tu n'as rien à faire, tu nous accompagneras à Touggourt. – Et je suis pris soudain du désir d'aller à Touggourt.

Marceline ne va pas bien ; je ne sais pas ce qui se passe en elle. Quand je rentre à l'hôtel ce soir-là, elle se presse contre moi sans rien dire, les yeux fermés. Sa manche large, qui se relève, laisse voir son bras amaigri. Je la caresse, et la berce longtemps, comme un enfant que l'on veut endormir. Est-ce l'amour, ou l'angoisse, ou la fièvre qui la fait trembler ainsi ?... Ah ! peut-être il serait temps encore... Est-ce que je ne m'arrêterai pas ? – J'ai cherché, j'ai trouvé ce qui fait ma valeur : une espèce d'entêtement dans le pire. – Mais comment arrivé-je à dire à Marceline que demain nous partons pour Touggourt ?...

À présent, elle dort dans la chambre voisine. La lune, depuis longtemps levée, inonde à présent la terrasse. C'est une clarté presque effrayante. On ne peut pas s'en cacher. Ma chambre a des dalles blanches, et là surtout elle paraît. Son flot entre par la fenêtre grande ouverte. Je reconnais sa clarté dans la chambre et l'ombre qu'y dessine la porte. Il y a deux ans elle entrait plus avant encore... oui, là précisément où elle avance maintenant – quand je me suis levé renonçant à dormir. J'appuyais mon épaule contre le montant de cette porte-là. Je reconnais l'immobilité des palmiers... Quelle parole avais-je donc lue ce soir-là ?... Ah ! oui ; les mots du Christ à Pierre : « Maintenant tu te ceins toi-même, et tu vas où tu veux aller... » Où vais-je ? Où veux-je aller ?... Je ne vous ai pas dit que, de Naples, cette dernière fois, j'avais gagné Pœstum, un jour, seul... Ah ! j'aurais sangloté devant ces pierres ! L'ancienne beauté paraissait, simple, parfaite, souriante – abandonnée. L'art s'en va de moi, je le sens. C'est pour faire place à quoi d'autre ? Ce n'est plus, comme avant, une souriante harmonie... Je ne sais plus, à présent, le dieu ténébreux que je sers. Ô Dieu neuf ! donnez-moi de connaître encore des races nouvelles, des types imprévus de beauté.

Le lendemain, dès l'aube, la diligence nous emmène. Moktir est avec nous. Moktir est heureux comme un roi.

Chegga ; Kefeldorh' ; M'reyer... mornes étapes sur la route plus morne encore, interminable. J'aurais cru pourtant, je l'avoue, plus riantes ces oasis. Mais plus rien que la pierre et le sable ; puis quelques buissons nains, bizarrement fleuris ; parfois quelque essai de palmiers qu'alimente une source cachée... À l'oasis je préfère à présent le désert – ce pays de mortelle gloire et d'intolérable splendeur. L'effort de l'homme y paraît laid et misérable. Maintenant toute autre terre m'ennuie.

— Vous aimez l'inhumain, dit Marceline. Mais comme elle regarde elle-même ! et avec quelle avidité !

Le temps se gâte un peu, le second jour ; c'est-à-dire que le vent s'élève et que l'horizon se ternit. Marceline souffre ; le sable qu'on respire brûle, irrite sa gorge : la surabondante lumière fatigue son regard ; ce paysage hostile la meurtrit. Mais à présent il est trop tard pour revenir. Dans quelques heures, nous serons à Touggourt.

C'est de cette dernière partie du voyage, pourtant si proche encore, que je me souviens le moins bien. Impossible, à présent, de revoir les paysages du second jour et ce que je fis d'abord à Touggourt. Mais ce dont je me souviens encore, c'est qu'elles étaient mon impatience et ma précipitation.

Il avait fait très froid le matin. Vers le soir, un simoun ardent s'élève. Marceline, exténuée par le voyage, s'est couchée sitôt arrivée. J'espérais trouver un hôtel un peu plus confortable ; notre chambre est affreuse ; le sable, le soleil et les mouches ont tout terni, tout sali, défraîchi. N'ayant presque rien mangé depuis l'aurore, je fais servir aussitôt le repas ; mais tout paraît mauvais à Marceline et je ne peux la décider à rien prendre. Nous avons emporté de quoi faire du thé. Je m'occupe à ces soins dérisoires. Nous nous contentons, pour dîner, de quelques gâteaux secs et de ce thé, auquel l'eau salée du pays a donné son goût détestable.

Par un dernier semblant de vertu, je reste jusqu'au soir auprès d'elle. Et soudain je me sens comme à bout de forces moi-même. Ô goût de cendres ! Ô lassitude ! Tristesse du surhumain effort ! J'ose à peine la regarder ; je sais trop que mes yeux, au lieu de chercher son regard, iront affreusement se fixer sur les trous noirs de ses narines ; l'expression de son visage souffrant est atroce. Elle non plus ne me regarde pas. Je sens, comme si je la touchais, son angoisse. Elle tousse beaucoup ; puis s'endort. Par moments, un frisson brusque la secoue.

La nuit pourrait être mauvaise et, avant qu'il ne soit trop tard, je veux savoir à qui je pourrais m'adresser. Je sors. Devant la porte de l'hôtel, la place de Touggourt, les rues, l'atmosphère même est étrange au point de me faire croire que ce n'est pas moi qui les vois. Après quelques instants je rentre. Marceline dort tranquillement. Je m'effrayais à tort ; sur cette terre bizarre, on suppose un péril partout ; c'est absurde. Et, suffisamment rassuré, je ressors.

Étrange animation nocturne sur la place ; circulation silencieuse ; glissement clandestin des burnous blancs. Le vent déchire par instants des lambeaux de musique étrange et les apporte je ne sais d'où. Quelqu'un vient à moi… C'est Moktir. Il m'attendait, dit-il, et pensait bien que je ressortirais. Il rit. Il connaît bien Touggourt, y vient souvent et sait où il m'emmène. Je me laisse entraîner par lui.

Nous marchons dans la nuit ; nous entrons dans un café maure ; c'est de là que venait la musique. Des femmes arabes y dansent – si l'on peut appeler une danse ce monotone glissement. – Une d'elles me prend par la main ; je la suis ; c'est la maîtresse de Moktir ; il accompagne. Nous entrons tous les trois dans l'étroite et profonde chambre où l'unique meuble est un lit ; un lit très bas, sur lequel on s'assied. Un lapin blanc, enfermé dans la chambre, s'effarouche d'abord, puis s'apprivoise et vient manger dans la main de Moktir. On nous apporte du café. Puis, tandis que Moktir joue avec le lapin, cette femme m'attire à elle, et je me laisse aller à elle comme on s'abandonne au sommeil.

Ah ! je pourrais ici feindre ou me taire ; mais que m'importe à moi ce récit, s'il cesse d'être véritable ?

Je retourne seul à l'hôtel, Moktir restant là-bas pour la nuit. Il est tard. Il souffle un sirocco aride ; c'est un vent tout chargé de sable, et torride malgré la nuit ; un vent de fièvre qui aveugle et fauche les jarrets ; mais j'ai soudain trop hâte de rentrer, et c'est presque en courant que je reviens. Elle s'est réveillée peut-être ; peut-être a-t-elle besoin de moi ?... Non ; la croisée de la chambre est sombre ; elle dort. J'attends un court répit du vent pour ouvrir ; j'entre très doucement dans le noir. – Quel est ce bruit ?... Je ne reconnais pas sa toux... Est-ce bien elle ?... J'allume...

Marceline est assise à moitié sur son lit ; un de ses maigres bras se cramponne aux barreaux du lit, la tient dressée ; ses draps, ses mains, sa chemise, sont inondés d'un flot de sang ; son visage en est tout sali ; ses yeux sont hideusement agrandis ; et n'importe quel cri d'agonie m'épouvanterait moins que son silence. Je cherche sur son visage transpirant une petite place où poser un affreux baiser ; le goût de sa sueur me reste aux lèvres. Je lave et rafraîchis son front, ses joues. Contre le lit, quelque chose de dur sous mon pied : je me baisse, et ramasse le petit chapelet qu'elle réclamait naguère à Paris, et qu'elle a laissé tomber ; je le passe à sa main ouverte, mais sa main aussitôt s'abaisse et le laisse tomber de nouveau. Je ne sais que faire ; je voudrais demander du secours... Sa main s'accroche à moi désespérément, me retient ; ah ! croit-elle donc que je veux la quitter ? Elle me dit :

— Oh ! tu peux bien attendre encore. Elle voit que je veux parler :

— Ne me dis rien, ajoute-t-elle ; tout va bien. – De nouveau je ramasse le chapelet ; je le lui remets dans la main, mais de nouveau elle le laisse – que dis-je ? elle le fait tomber. Je m'agenouille auprès d'elle et presse sa main contre moi.

Elle se laisse aller, moitié contre le traversin et moitié contre mon épaule, semble dormir un peu, mais ses yeux restent grands ouverts.

Une heure après, elle se redresse ; sa main se dégage des miennes, se crispe à sa chemise et en déchire la dentelle. Elle étouffe. – Vers le petit matin, un nouveau vomissement de sang...

J'ai fini de vous raconter mon histoire. Qu'ajouterais-je de plus ? – Le cimetière français de Touggourt est hideux, à moitié dévoré par les sables... Le peu de volonté qui me restait, je l'ai tout employé à l'arracher de ces lieux de détresse. C'est à El Kantara qu'elle repose, dans l'ombre d'un jardin privé qu'elle aimait. Il y a de tout cela trois mois à peine. Ces trois mois ont éloigné cela de dix ans.

Michel resta longtemps silencieux. Nous nous taisions aussi, pris chacun d'un étrange malaise. Il nous semblait, hélas ! qu'à nous la raconter, Michel avait rendu son action plus légitime. De ne savoir où la désapprouver, dans la lente explication qu'il en donna, nous en faisait presque complices. Nous y étions comme engagés. Il avait achevé ce récit sans un tremblement dans la voix, sans qu'une inflexion ni qu'un geste témoignât qu'une émotion quelconque le troublât, soit qu'il mît un cynique orgueil à ne pas nous paraître ému, soit qu'il craignît, par une sorte de pudeur, de provoquer notre émotion par ses larmes, soit enfin qu'il ne fût pas ému. Je ne distingue pas en lui, même à présent, la part d'orgueil, de force, de sécheresse ou de pudeur. – Au bout d'un instant, il reprit :

Ce qui m'effraie, c'est, je l'avoue, que je suis encore très jeune. Il me semble parfois que ma vraie vie n'a pas encore commencé. Arrachez-moi d'ici à présent, et donnez-moi des raisons d'être. Moi, je ne sais plus en trouver. Je me suis délivré, c'est possible ; mais qu'importe ? je souffre de cette liberté sans emploi. Ce n'est pas, croyez-moi, que je sois fatigué de mon crime, s'il vous plaît de l'appeler ainsi ; mais je dois me prouver à moi-même que je n'ai pas outrepassé mon droit.

J'avais, quand vous m'avez connu d'abord, une grande fixité de pensée, et je sais que c'est là ce qui fait les vrais hommes ; je ne l'ai plus. Mais ce climat, je crois, en est cause. Rien ne décourage autant la pensée que cette persistance de l'azur. Ici toute recherche est impossible, tant la volupté suit de près le désir. Entouré de splendeur et de mort, je sens le bonheur trop présent et l'abandon à lui trop uniforme. Je me couche au milieu du jour pour tromper la longueur morne des journées et leur insupportable loisir. J'ai là, voyez, des cailloux blancs que je laisse tremper à l'ombre, puis que je tiens longtemps dans le creux de ma main, jusqu'à ce qu'en soit épuisée la calmante fraîcheur acquise. Alors je recommence, alternant les cailloux, remettant à tremper ceux dont la fraîcheur est tarie. Du temps s'y passe, et vient le soir... Arrachez-moi d'ici ; je ne puis le faire moi-même. Quelque chose en ma volonté s'est brisé ; je ne sais même où j'ai trouvé la force de m'éloigner d'El Kantara. Parfois j'ai peur que ce que j'ai supprimé ne se venge. Je voudrais recommencer à neuf. Je voudrais me débarrasser de ce qui reste de ma fortune ; voyez, ces murs en sont encore couverts. Ici je vis de presque rien. Un aubergiste mi-français m'apprête un peu de nourriture. L'enfant, que vous avez fait fuir en entrant, me l'apporte soir et matin, en échange de quelques sous et de caresses. Cet enfant qui, devant les étrangers, se fait sauvage, est avec moi tendre et fidèle comme un chien. Sa sœur est une Ouled-Naïl qui, chaque hiver, regagne Constantine où elle vend son corps aux passants. Elle est très belle et je souffrais, les premières semaines, que parfois elle passât la nuit près de moi. Mais, un malin, son frère, le petit Ali, nous a surpris couchés ensemble. Il s'est montré fort irrité et n'a pas voulu revenir de cinq jours. Pourtant il n'ignore pas comment ni de quoi vit sa sœur ; il en parlait auparavant d'un ton qui n'indiquait aucune gêne. Est-ce donc qu'il était jaloux ? – Du reste, ce farceur en est arrivé à ses fins ; car, moitié par ennui, moitié par peur de perdre Ali, depuis cette aventure je n'ai plus retenu cette fille. Elle ne s'en est pas fâchée ; mais chaque fois que je la rencontre, elle rit et plaisante de ce que je lui préfère l'enfant. Elle prétend que c'est lui qui surtout me retient ici. Peut-être a-t-elle un peu raison...

PRÉFACE	3
BIOGRAPHIE D'ANDRÉ GIDE	13
SES ŒUVRES	14
INTRODUCTION	19
PREMIÈRE PARTIE	23
I	23
II	30
III	35
IV	39
V	43
VI	44
VII	49
VIII	50
IX	52
DEUXIÈME PARTIE	55
I	55
II	65
III	81
TROISIÈME PARTIE	94

Disponible dans la collection

Les Atemporels

— **Les nourritures terrestres** d'André Gide
Préfacé par Yoann Laurent-Rouault

— **1984** de George Orwell
Préfacé par Jean-David Haddad
Traduit par Clémentine Vacherie

— **La ferme des animaux** de George Orwell
Préfacé et traduit par Aïssatou Thiam

— **Psychologie des foules** de Gustave Le Bon
Préfacé par Benoist Rousseau

— **Aziyadé** de Pierre Loti
Préfacé par Alain Maufinet

— **Le livre des médius** d'Allan Kardec
Préfacé par Amélie Galiay

— **Les paradis artificiels** de Charles Baudelaire
Préfacé par Yoann Laurent-Rouault

— **Du contrat social** de Jean-Jacques Rousseau
Préfacé par Yoann Laurent-Rouault

Découvrez les autres collections de JDH Éditions

Magnitudes

Drôles de pages

Uppercut

Nouvelles pages

Versus

Les Collectifs de JDH Éditions

Case Blanche

Hippocrate & Co

My Feel Good

F-Files

Black Files

Quadrato

Baraka

Les Pros de l'Éco

Sporting Club

Tierra Latina

L'Édredon

La revue littéraire de JDH Éditions

Venez découvrir les textes de la revue
**Textes et articles dans un rubriquage varié
(chroniques, billets d'humeur, cinéma, poésie…)**

Suivez **JDH Éditions** sur les réseaux sociaux
pour en savoir plus sur les auteurs,
les nouveautés, les projets…

Inscrivez-vous à notre Newsletter sur
www.jdheditions.fr
Pour recevoir l'actualité de nos nouvelles
parutions